OETINGER TASCHENBUCH

Heidi Hassenmüller, in Hamburg geboren, machte nach ihrem Schulabschluss eine Lehre zur Reedereikauffrau. Später zog die Mutter von vier Kindern mit ihrer Familie in die Niederlande und studierte dort Journalistik und Literatur. Sie publiziert regelmäßig für verschiedene Zeitungen und Zeitschriften im In- und Ausland und veröffentlichte bereits zahlreiche Jugendbücher. Sie arbeitet heute als freie Schriftstellerin.

Heidi Hassenmüller

Gegen meinen Willen

Oetinger Taschenbuch

Außerdem von Heidi Hassenmüller
bei Oetinger Taschenbuch erschienen:

Schwarz, rot, tot

MIX
Papier aus verantwortungsvollen Quellen
FSC® C014496
FSC
www.fsc.org

Das für dieses Buch verwendete FSC®-zertifizierte
Papier Danube liefert Salzer Papier, St. Pölten, Austria.
Der FSC® ist eine nicht staatliche, gemeinnützige Organisation,
die sich für eine ökologische und sozialverantwortliche
Nutzung unserer Wälder einsetzt.

1. Auflage 2016
Oetinger Taschenbuch GmbH, Hamburg
April 2016

Umschlaggestaltung: unter Verwendung eines
Fotos von iStockphoto © Rui Vale Sousa
Koran-Zitate aus der Übersetzung von Adel Theodor Khoury.
© 2007 by Gütersloher Verlagshaus, Gütersloh,
in der Verlagsgruppe Random House GmbH, München
Druck: GGP Media GmbH, Pößneck
ISBN 978-3-8415-0414-2

www.oetinger-taschenbuch.de

Kapitel 1

In das Leben von Malika Diba sprang die Angst eines Tages wie ein wildes Tier.

Die damals Zwölfjährige stand in der Küche. Vor ihr auf dem Tisch lag der Badeanzug, den sie nach der Schule zusammen mit ihrer Freundin Elena gekauft hatte. Kichernd und ausgelassen hatten sie im Kaufhaus verschiedene Modelle anprobiert.

»Schau mal, der da hat ein geformtes Oberteil«, hatte Elena ihr zugeflüstert, »da habe ich bestimmt genauso viel Busen wie du!«

Malika hatte für einen kurzen Moment die Stirn gerunzelt. Ihr fülliger werdender Busen war ihr ein Dorn im Auge, und sie versuchte, ihn so gut es ging zu verbergen. Sie war als Tochter einer konservativen marokkanischen Familie in Deutschland aufgewachsen und wusste schon damals, dass sie mit Beginn ihrer Menstruation ein Kopftuch tragen musste. Die Veränderung ihres Körpers verhieß ihr nichts Gutes. Also wählte sie einen mädchenhaften Badeanzug aus geblümtem Stoff und mit einer Rüsche am Oberteil.

»Findest du den nicht ein bisschen kitschig?«, fragte Elena. »Den könnte ja meine kleine Schwester anziehen!«

Dann ist er gerade richtig, hatte Malika gedacht.

Zu Hause hatte sie den Badeanzug ihrer Mutter gezeigt.

»Wir haben ab nächster Woche wieder Schwimmunterricht«, hatte sie ihrer Mutter erklärt, »und da muss ich doch einen Badeanzug haben.«

Ihre Mutter hatte nichts gesagt und den Badeanzug auf den Küchentisch gelegt. Ihre Lippen waren zusammengepresst.

In diesem Moment war ihr Vater in die Küche gekommen. Sein Blick ging zwischen Malika und ihrer Mutter hin und her.

»Was ist denn hier los?«

Dann hatte er den Badeanzug gesehen.

»Was soll das?« Mit spitzen Fingern griff er nach dem Stoff und hielt ihn wie eine giftige Schlange hoch.

Malika wiederholte: »Wir haben ab nächster Woche wieder Schwimmunterricht.« Sie wagte kaum, ihren Vater anzusehen, als sie fortfuhr: »Davon kann man sich nicht befreien lassen. Ich hatte noch Geld vom letzten Fest und da dachte ich …«

»Man kann sich vielleicht nicht vom Schwimmen befreien lassen«, polterte ihr Vater los, »aber meine Tochter wird sich als Heranwachsende nicht in so einem Fummel –«, angewidert warf er den Badeanzug in die Ecke, »meine Tochter wird sich nicht so zur Schau stellen.«

Er wandte sich erbost seiner Frau zu: »Hast du ihr das nicht gesagt?«

Malikas Mutter schüttelte den Kopf und zog ihr Kopftuch beschämt weiter ins Gesicht. »Ich war zu überrascht«, flüsterte sie mit gesenktem Blick.

»Es wird Zeit, dass du sie strenger erziehst«, sagte Achmed Diba. Er war schon besänftigt. »Sie ist zwar noch ein Kind, aber du weißt, wie schnell es gehen kann. Denk an Fatima!«

Damals hatte Malika die Angst angesprungen – eine Angst, die ihr die Luft zum Atmen nahm. Sie war schnell in ihr Zimmer gegangen. Weder ihre Mutter noch ihr Vater hatten sie aufgehalten.

Das ist der Anfang, hatte sie gedacht, von nun an kann es nur noch schlimmer werden. Sie hatte sich sehnlichst eine Schwester oder eine marokkanische Freundin gewünscht, die sie um Rat hätte fragen können. Elena war ihre Schulfreundin, sie hatte keine Ahnung, wie es in Malikas Familie wirklich zuging. Wenn sie zu Besuch kam, bewirtete Malikas Mutter sie mit grünem Tee und kleinen köstlichen Kuchen. Und Malikas Brüder Abdul und Achmed waren meistens im Geschäft. So sah Elena nur den schönen Schein.

»Deine Mutter ist toll! Die kocht und backt wenigstens noch für ihre Familie. Bei uns kommt fast alles aus der Mikrowelle. Und wenn ich nach Hause komme, ist meistens keiner da.«

Elena war ein Einzelkind. Beide Eltern arbeiteten und Elena hatte ihren eigenen Schlüssel.

»Sei doch froh«, hatte Malika erwidert. »Wenn keiner da ist, kann dir auch keiner was sagen.«

»Sagt dir denn jemand was? Ich meine, sind deine Eltern streng?«

»Nee, eigentlich nicht«, hatte Malika geantwortet. Sie wollte nicht anders sein als ihre Mitschüler.

Plötzlich war sie es.

Ihr Vater hatte ihr einen Brief mit in die Schule gegeben. »Gib den deiner Lehrerin«, hatte er gesagt. »Dann ist das mit dem Schwimmen hoffentlich erledigt.«

Aber ihr Vater kannte Frau Lammers nicht. Wortlos hatte Malika ihr den Brief auf den Tisch gelegt und war zu ihrem Platz gegangen.

»Ist was?«, fragte Elena flüsternd, als Malika sich neben sie setzte.

Malika schüttelte den Kopf. Erst in der Pause erzählte sie Elena, dass ihr Vater ihr verboten hatte, zum Schwimmen zu gehen.

»Aber warum denn? Hat er um dich Angst? Du kannst doch schwimmen! Wir sollen doch nur unseren Stil verbessern.«

»Klar kann ich schwimmen, das weißt du doch. Aber mein Vater will nicht mehr, dass ich mich im Badeanzug zeige.«

Frau Lammers, die an diesem Tag Pausenaufsicht hatte, rief Malika zu sich.

»Dein Vater schreibt, dass du nicht mit zum Schwimmen gehen darfst. Weißt du, warum nicht? Du bist doch nicht krank?«

»Nein, ich bin nicht krank, aber marokkanische Mädchen dürfen sich nicht im Badeanzug zeigen.«

Frau Lammers sah Malika an. Sie war ein zierliches Mädchen mit großen, dunklen Augen und langen, lockigen Haaren, die sie im Nacken mit einer Spange zusammenhielt. Jetzt mied Malika ihren Blick.

»Ich werde mit deinen Eltern reden«, sagte Frau Lammers. »Du bist doch hier geboren. Es ist viel besser für dich, wenn du mitmachen darfst. Außerdem gehört es zu unserem Unterricht. Ich wüsste nicht, wieso ich dich davon befreien sollte.«

Befreien, hatte Malika gedacht. Ich will gar nicht vom Schwimmen befreit werden. Ich möchte so wie die anderen sein.

Aber die Angst saß jetzt in ihrem Körper. Sie war ein muslimisches Mädchen. Ein muslimisches Mädchen hatte zu gehorchen. Ihre Eltern waren bisher sehr liebevoll gewesen, aber jetzt ging es um die Sittsamkeit der einzigen Tochter. Sich im Badeanzug zu zeigen, war nicht mehr sittsam.

Erwartungsgemäß brachte der Besuch von Frau Lammers nichts.

Malikas Mutter bewirtete sie mit Tee und bot ihr kandierte Früchte an.

»Kann ich denn wirklich nichts tun? Malika muss dann beim Schwimmen auf der Bank sitzen. Sie muss zusehen, wie ihre Schulkameradinnen Spaß haben. Das Verbot macht sie zur Außenseiterin. Sie ist doch noch ein Kind.«

»Nicht mehr lange«, sagte Malikas Mutter und sah zur Seite. Sie schwieg einen Moment und fügte dann noch hinzu: »Islamische Mädchen sind die Ehre der Familie.«

»Ich werde auf sie aufpassen«, hatte Frau Lammers erwidert. »So als wäre sie meine eigene Tochter!«

»Sie verstehen nicht. In unserer Kultur hat der Mann das Sagen. Er bestimmt, was recht ist.« Für einen Moment schaute sie die Lehrerin an. »Das hat nichts mit dem Koran zu tun. Der Koran ist ein gutes Buch, das Wort Allahs. Es ist die Tradition. Wir müssen uns fügen.«

Frau Lammers strich ihre kurzen, rotblonden Locken nach hinten. »Aber Malika ist doch hier aufgewachsen. Sie will wie ihre Freundinnen sein.«

»Sie wird nie wie eine Deutsche leben«, sagte Malikas Mutter, und Malika, die die ganze Zeit schweigend auf dem Boden neben dem Tisch gesessen hatte, bekam eine Gänsehaut. Die Angst schnürte ihr den Hals zu. Aber wie sollte sie dann leben? Sie wollte studieren, Geschichten schreiben, frei sein.

Malika erschauerte bei dieser Erinnerung und sie dachte an ihren letzten Besuch in Marokko ein Jahr zuvor. Sie war mit ihren Eltern, ihren Brüdern und Onkel Mohammed El Zhar in einem Restaurant gewesen. Sie hatten Lammkoteletts gegessen und Curryreis mit braunen Bohnen.

Zufällig fiel ihr Blick auf einen der Nachbartische. Dort saß eine verschleierte Frau mit zwei Männern. Zwischen ihnen hatte es wohl eine Auseinandersetzung gegeben. Die Männer flüsterten jedenfalls aufgebracht und die Frau schluchzte. Das erregte in dem ansonsten stillen Raum die Aufmerksamkeit der anderen Gäste. Auch Malikas Familie sah zu dem Tisch hinüber. Plötzlich holte einer der Männer aus und schlug der Frau ins Gesicht. Einmal und noch einmal. Der andere Mann lehnte sich gelassen zurück und verzog keine Miene.

Malika sah ihren Vater entsetzt an. Tu doch was, dachte sie, stell den Mann zur Rede! Malikas Vater schlug seine Frau nie, obwohl er das durfte. Das hatte Malika im Koran gelesen.

Als wären die beiden heftigen Schläge noch nicht genug gewesen, spuckte der Mann der Frau jetzt auch noch ins Gesicht. Die Frau wischte mit ihrer Serviette die Spucke weg und wieder schlug der Mann zu.

Abdul, Malikas ältester Bruder, stand auf und sagte etwas auf Marokkanisch. Malika verstand, dass er den Mann bat, seine Frau nicht in der Öffentlichkeit zu bestrafen. Onkel Mohammed zog Abdul entsetzt auf den Stuhl zurück und entschuldigte sich bei dem Schläger. »Er muss noch viel lernen«, sagte er und blickte seinen Neffen missbilligend an. »Verzeihen Sie ihm bitte. Er wohnt nicht in unserem Land. Er muss noch Respekt lernen – Respekt vor unserem Land und Respekt vor marokkanischen Männern und ihrem Umgang mit Frauen.« Der Fremde hatte Onkel Mohammeds Entschuldigung akzeptiert. Malikas Vater war sehr erleichtert gewesen und hatte Abdul noch einige ermahnende Sätze zugeflüstert. Ihre Mutter hatte die ganze Zeit auf ihre im Schoß verschlungenen Hände gesehen. Ihr Gesicht hatte einer unbeweglichen Maske geglichen.

»Schau auf deinen Teller, Malika«, hatte ihr Vater befohlen. »Es ziemt sich für ein Mädchen nicht, Männer anzustarren.«

Sie hatte gehorcht, obwohl sie vor Wut zitterte. Ihr Onkel hatte ihr beruhigend eine Hand auf die Schulter gelegt. Er dachte, sie zitterte vor Aufregung.

»Es ist ja gut«, hatte er gesagt, »es ist ja nichts passiert!«

Nichts passiert?, hatte Malika damals gedacht. Ein Mann schlägt seine Frau, bespuckt sie, und ihr Onkel ist der Meinung, es sei nichts passiert? Am liebsten hätte sie ihre Wut laut herausgeschrien. Aber wenn schon ihr Lieblingsbruder Abdul einen strengen Verweis von ihrem Onkel und ihrem Vater bekam, wie hätten sie wohl reagiert, wenn sie etwas gesagt hätte? Wahrscheinlich hätte ihr Vater sie dann auch geschlagen, denn als vorlaute Tochter hätte sie ja seine Ehre verletzt.

Als Malika an die furchtbare Szene in dem marokkanischen Restaurant dachte, kam plötzlich auch die Erinnerung an Fatima wieder hoch.

Fatima hatte ebenfalls in Deutschland gelebt. Sie war eine gläubige Muslimin, zehn Jahre älter als Malika, und lehrte sie, den Koran zu lesen. Malika selbst war damals erst sechs Jahre alt gewesen. Einmal, als sie gerade gemeinsam die zweite Sure des Korans lasen, hatte Malika sie gefragt, warum eine gläubige Sklavin besser war als eine Frau, die nicht glaubt: »Man darf doch gar keine Sklavinnen mehr haben! Wir sind doch alle frei?« Das hatte jedenfalls ihre Lehrerin gesagt, als sie ihnen eine Geschichte aus Amerika und von den schwarzen Sklaven vorgelesen hatte. »Die Zeit der Sklaverei ist vorbei! Es war doch falsch, dass man Menschen als Sklaven verkaufte.«

Fatima hatte ihr über den Kopf gestrichen.

»Deine Lehrerin kennt nicht die ganze Wahrheit«, hatte sie erwidert. »Aber sag ihr das nicht. Wir wissen viel mehr. Denn der Koran ist das Wort Allahs, ein heiliges Buch. Du musst noch viel lernen!« Malikas Vater war bei den letzten Worten ins Zimmer gekommen. Er hatte nur genickt.

Abends hatte er den Arm um Malikas Schultern gelegt und gesagt: »Zweifle nie an dem heiligen Wort. Fatima ist eine gute Lehrerin und Allah treu ergeben!«

»Aber ich zweifle doch auch nicht«, hatte die kleine Malika schnell gesagt. »Und meine Lehrerin ist sowieso blöde. Sie sagt, Jungen und Mädchen seien gleich. Weiß doch jeder, dass das nicht stimmt.«

Ihr Vater hatte damals nur gelacht. »Da siehst du, Frau, wie klug unsere Tochter ist. Es ist richtig, dass wir sie den Koran lesen lassen.«

Seine Frau hatte zustimmend den Kopf gesenkt.

Zusammen beteten sie etwas später mit dem Gesicht in Richtung Mekka die Eröffnungssure:

Im Namen Gottes, des Erbarmers, des Barmherzigen.

Lob sei Gott, dem Herrn der Welten, dem Erbarmer, dem Barmherzigen, der Verfügungsgewalt besitzt über den Tag des Gerichtes! Dir dienen wir, und Dich bitten wir um Hilfe. Führe uns den geraden Weg, den Weg derer, die Du begnadet hast, die nicht dem Zorn verfallen und nicht irregehen.

Malika war stolz gewesen, dass sie die erste Sure schon auswendig kannte.

»Es gibt Gläubige, die alle hundertvierzehn Suren auswendig können«, hatte Fatima sanft gesagt. »Du öffnest gerade erst eine Tür. Werde niemals hochmütig oder stolz. Gott hat dir einen wachen Verstand gegeben, nutze ihn wie ein Geschenk.«

Wenn Fatima so superfromm sprach, mochte Malika sie nicht so besonders, aber sie konnte auch mit ihr herumtollen oder sie kitzeln, bis sie vor Lachen um Gnade bat. Außerdem erzählte sie ihr spannende Geschichten von Mohammed, der einmal ein ganz gewöhnlicher Mann gewesen war, bis Allah sich ihm offenbarte. Gar nicht genug konnte Malika davon hören. Sie wünschte, so ein Engel würde auch zu ihr sprechen. Dann wäre sie auch eine Auserwählte.

Ob Mädchen auch Auserwählte werden konnten?

Sie hatte es Fatima einmal gefragt.

»Ja, kleine Malika, auch Mädchen können Auserwählte werden, sie können sogar Gotteskriegerinnen werden. Aber sei geduldig, du musst noch so viel lernen.«

Geduld war nicht Malikas Stärke. Auch noch nicht, als sie schon vierzehn Jahre alt war.

In dem Restaurant in Marokko hatte sie gedacht, dass der Mann falsch gehandelt hatte. Hieß es nicht in der ersten Sure, dass man nicht dem Zorn verfallen durfte? Bestimmt hatte Abdul auch deswegen etwas gesagt, aber das war ebenso wenig richtig gewesen. Er musste noch viel lernen. Jedenfalls hatten das ihr Onkel und ihr Vater gemeint.

Und als ihr Vater den blöden Badeanzug wie eine giftige Schlange hochgehalten hatte, war er auch zornig gewesen. Aber er hatte sie nicht geschlagen.

Trotzdem hatte sie von dem Augenblick an Angst. Damals, mit zwölf, war ihr bewusst geworden, dass sich alles ändern würde, wenn sie älter würde. Der verbotene Schwimmunterricht war nur der Anfang. Sie musste versuchen, mit ihrer Angst zu leben und ihrem Vater keinen Anlass zu geben, auf sie wütend zu sein. Sie würde zu Hause die gute Tochter abgeben und in der Schule ein zweites, anderes Leben führen.

Malika konnte gut lernen und war froh, aufs Gymnasium gehen zu dürfen. Auch das war nicht einfach gewesen, aber Vater hatte sie damals unterstützt. Ihre Grundschullehrerin Frau Beier hatte ihr trotz guter Noten keine Empfehlung fürs Gymnasium gegeben. Sie hatte die Befürchtung, Malika könne dort nicht mehr mithalten. Ihr würde die Unterstützung aus dem Elternhaus fehlen.

Vater hatte ihr damals keine Steine in den Weg gelegt. Er war es, der entschied, und er war stolz auf seine Tochter.

»Eine kluge Tochter ehrt die Familie«, hatte er gesagt. Und Malika durfte aufs Gymnasium.

Damals war sie zehn Jahre alt und alles schien möglich.

Wie kommt es, dachte die fünfzehnjährige Malika, dass ich nicht besser zugehört habe? Wie ist es möglich, dass ich so lange nicht mehr an Fatima gedacht habe? Es hätte ihr doch schon damals die Augen öffnen können.

Fatima und Malikas Familie hatten den Koran natürlich als das Buch der Bücher gepriesen, aber Malika hatte bereits schon früh damit angefangen, auch alles andere zu lesen, was ihr in die Hände kam. Eine bekannte Schriftstellerin hatte einmal in einem Interview gesagt, dass viel lesen die Grundlage fürs Schreiben sei. Und Malika wollte schreiben. Am meisten interessierten sie Biografien: spannende Lebensläufe von Männern und Frauen, die aus ihrem Leben etwas Besonderes gemacht hatten.

In einer Modezeitschrift sah sie tolle Fotos eines afrikanischen Models. Die Reportage schloss mit der Bemerkung, dass Waris Dirie sich auch als Schriftstellerin einen Namen machte. Ihr Buch »Wüstenblume«, in dem sie die Beschneidung muslimischer Mädchen anprangerte, hatte viel Aufsehen erregt.

Auf dem Schulcomputer bestellte Malika den Titel. Der Inhalt ängstigte sie, aber sie musste unbedingt mehr darüber wissen. Es war ihr zu peinlich, das Buch in der Buchhandlung zu bestellen oder gar in der Schulbibliothek danach zu fragen.

Seitdem sie das Kopftuch tragen musste, fühlte sie die Blicke der anderen wie Nadelstiche. In deren Augen war sie »eine von denen« – eine von denen, die Deutschland mit ihren Moscheen überschwemmten, die fanatisch ihrem Glauben anhingen, die alle anderen als Ungläubige verdammten und die im Namen Allahs Bomben zündeten und Menschenleben auslöschten. Natürlich sagte das niemand zu ihr. Das Gefühl, in eine Schublade gesteckt zu werden, war aber allgegenwärtig.

Sie musste auf der Hut sein, ihr Leben in der Schule war ein anderes als das zu Hause. In der Schule diskutierte sie gerne, in wenigen Tagen musste sie ein Referat über den Koran halten. In ihrer Familie dagegen war sie die zurückhaltende und stets gehorsame Tochter – die gläubige muslimische jüngste Tochter des Achmed Mohammed Diba.

Dabei war Malikas Glaube in sich zusammengebrochen, seitdem Fatima nicht mehr da war.

Sie dachte an ihr letztes Gespräch mit Fatima. Es war kurz nach dem Badeanzug-Drama gewesen.

»Ich werde dich nicht mehr wiedersehen, kleine Malika. Ich gehe weg.«

»Wohin gehst du?«

Sie hatte Tränen in Fatimas Augen gesehen.

»Ich kann es dir nicht sagen. Aber glaube bitte nicht, dass ich eine schlechte Frau bin. Ich sollte Ali heiraten, den Bruder von Kalim. Ali ist in Marokko verunglückt. Jetzt soll ich Kalims Frau werden. Kalim ist vor zwei Jahren Witwer geworden, er ist zwanzig Jahre älter als ich.«

Sie schwieg einen Moment und blickte zu dem strahlend blauen Himmel hoch, an dem zwei Flugzeuge Kondensspuren hinterließen. Es sah aus wie ein Kreuz, obwohl sie Hunderte von Metern aneinander vorbeiflogen. Sie berührten sich nicht. Sie würden sich nie berühren.

»Ich weiß, ich muss gehorchen, aber ich kann es einfach nicht. Ich will nach dem Koran leben und ich wollte Ali eine gute Frau sein. Er hat in Casablanca studiert, war ein gläubiger Muslim, aber dabei offen und aufgeschlossen! Er war so stolz, dass ich in Deutschland studierte! Jetzt ist er tot und sein ältester Bruder will seinen Platz einnehmen.«

»Kannst du nicht mit deinem Vater sprechen? Der versteht dich doch bestimmt.«

»Nein, ich muss gehorchen. Es ist rechtens, dass der Bruder die Verlobte seines verstorbenen Bruders heiratet.«

Malika dachte an ihren Vater. Kalim war fast so alt wie er. »Aber Kalim ist doch ein alter Mann! Der passt doch gar nicht zu dir.«

Fatima hatte sie an sich gedrückt. »Ich kann es auch nicht. Ich mochte Ali. Und sein Bruder ist außerdem ein Fundamentalist.«

»Was ist ein Fundamentalist?«

Fatima zögerte einen Moment. »Das ist jemand, der alles, was im Koran steht, wörtlich nimmt. Aber das heilige Buch wurde in einer anderen Zeit geschrieben. Das muss man wissen, wenn man die alten Texte liest.«

Malika hatte Fatimas Erklärung nicht ganz verstanden, aber sie traute sich nicht, weiter zu fragen. Fatima fügte noch hinzu: »Kalim predigt Gewalt. Als Imam hat er viel Macht.«

Malika fühlte, dass ihre Freundin Angst hatte. Das war schrecklich. Die erwachsene, sanfte und immer freundliche Fatima hatte Angst. Vor Kalim?

Fatima erriet ihre Gedanken.

»Ja, ich habe Angst, aber nicht nur vor Kalim. Zusammen mit einem Mann zu leben, der den Koran nicht als Buch des Friedens auslegt, ist mir unerträglich. Ich wäre nicht mehr als ein Hund in seinem Haus, obwohl der Koran Respekt vor

Frauen predigt. Mann und Frau sollen einander in Achtung und Würde begegnen. Aber ich habe nun große Angst vor meiner eigenen Familie. Meine Brüder mochten Ali, und nachdem er tot ist, denken sie tatsächlich, dass ich nach der angemessenen Trauerzeit die Frau seines Bruders werde.« Sie hatte die Augen geschlossen und tief Luft geholt.

»Es zerreißt mich fast, aber ich kann ihn nicht heiraten. Lieber bleibe ich mein ganzes Leben allein, als die Frau von Alis Bruder zu werden.«

Zwei Tage später rief Malikas Vater sie abends zu sich.

»Setz dich, Malika. Ich muss mit dir reden.«

Seine Stimme klang anders, ernsthafter als sonst. Neben ihm saßen Malikas zwei Brüder, ihre Mutter war in der Küche. Malika überkam Angst. Irgendetwas Furchtbares war geschehen.

»Fatima war vor zwei Tagen bei dir. Was hat sie dir erzählt?«

Es ging also um Fatima. Es ging darum, dass sie den alten Kalim nicht heiraten wollte.

»Sie hat gesagt, dass sie nicht wiederkommt.«

Die Augen ihres Vaters verengten sich. Er zog an der Wasserpfeife.

»Hat sie auch gesagt, wohin sie geht?«

Ich habe sie gefragt, dachte Malika, aber sie hat es mir nicht erzählt. Wahrscheinlich hat sie geahnt, dass ich befragt werden würde.

»Nein, ich dachte, sie geht nach Marokko. Dort ist doch ihr Verlobter Ali.«

Sie spielte die Ahnungslose. Wenn man sich dumm stellte, bekam man nicht so viele Fragen. Sie hatte schnell gelernt.

»Ali ist tot«, sagte ihr Bruder Achmed. »Sie sollte Kalim heiraten, den ehrwürdigen Imam.«

Vater sah seinen jüngeren Sohn missbilligend an. Es war nicht nötig, Malika alles wissen zu lassen.

»Fatima hat dir nicht gesagt, wohin sie geht?«

»Nein!«

Das war zu wenig. Vater wusste, dass sie Fatima mochte. »Wieso, ist sie weg? Ist sie nicht in Marokko? Vielleicht ist ihr etwas passiert?«

Vater hob die Hand und gebot ihr damit zu schweigen.

»Ich glaube dir. Vergiss nie, dass du als gläubige Tochter ehrenvoll und gehorsam bist. Bete heute Abend die hundertelfte Sure.«

Die Nachricht von Fatimas Verschwinden lag Malika wie ein schwerer Stein im Magen. Als ihre Mutter sie zum Essen rief, sagte sie, dass sie beten wollte, damit Fatima gefunden würde. Das gefiel ihrer Mutter und ihrem Vater. In Wirklichkeit wollte sie Allah darum bitten, dass Fatima den alten Kalim nicht heiraten musste und dass ihre Familie Fatimas Versteck nicht ausfindig machen würde.

Fatima hatte vor ihren eigenen Brüdern Angst gehabt. Das hatte sie gesagt.

Malika las die von ihrem Vater angegebene Sure, denn natürlich wollte sie gehorsam sein. Vielleicht würde er auch kommen und kontrollieren, ob sie die Sure kannte.

Im Namen Gottes, des Erbarmers, des Barmherzigen.

Dem Verderben geweiht seien die Hände des Abü Lahab, und dem Verderben geweiht sei er! Nicht nützt ihm sein Vermögen und das, was er erworben hat. Er wird in einem lodernden Feuer brennen. Und auch seine Frau, sie, die Holzträgerin. An ihrem Hals hängt ein Strick aus Palmenfasern.

Fatima hatte ihr damals erklärt, dass Abü Lahab ein Halbbruder von Mohammeds Vater war. Er hatte Mohammed Verderben gewünscht und dadurch war er selbst dem Verderben geweiht. Der Strick um den Hals seiner Frau sollte ihr in der Hölle zusätzliche Qual bereiten.

»Aber hat die Frau Mohammed denn auch etwas Schlechtes gewünscht?«, hatte Malika Fatima gefragt.

»Sie soll verleumderische Reden geführt haben.« Fatima hatte nachgedacht. Es war nicht einfach, die Suren zu erklären. »Es ist ein Fluchspruch gegen einen Widersacher, also gegen jemanden, der nicht auf Mohammed gehört hat.«

»Aber weiß man sicher, dass die Frau schlecht geredet hat? Man kann ihr doch nicht die schlimmsten Höllenqualen wünschen, wenn das vielleicht nicht wahr ist?«

»Wenn der Schein gegen die Frau spricht, ist es genug.«

Entsetzt hatte Malika damals Fatima angesehen. »Aber das ist doch schrecklich! Wenn man eine Frau verurteilt, weil der Schein gegen sie spricht.«

Gleichzeitig hatte sie an die Geschichte mit Valerie gedacht. Valerie war gerade neu in die Klasse gekommen. Irgendwann vermisste Susi nach dem Turnen ihr Portemonnaie.

»Vor dem Turnen habe ich es noch gehabt«, rief sie lautstark. »Jemand muss es mir geklaut haben.«

»Wer war denn zwischendurch mal in der Umkleide?«, fragte Reni. Plötzlich sahen alle zu Valerie. Die war tatsächlich während des Unterrichts einmal auf die Toilette gegangen. Valerie wurde blutrot.

»Ihr denkt doch nicht, dass ich …?«

Sie beendete den Satz nicht. Es war klar, was Susi und Reni dachten und vielleicht einige andere auch, denn es war plötzlich ganz still geworden.

Glücklicherweise war in diesem Moment Frau Lammers ins Klassenzimmer gekommen. Sie merkte sofort, dass etwas los war.

»Und, was gibt es?«, fragte sie in ihrer direkten Art.

»Jemand hat mein Portemonnaie geklaut!«, sagte Susi und sah zu Valerie hinüber.

Frau Lammers warf Valerie einen kurzen Blick zu.

»Sie war während des Unterrichts einmal in der Umkleide«, erklärte Reni.

»Und deshalb meint ihr, ihr dürft Valerie des Diebstahls beschuldigen?« Frau Lammers Stimme klang ganz sanft, aber das war ein schlechtes Zeichen. Wenn sie so sprach, war sie sehr wütend.

Sie wandte sich an Valerie. »Kannst du mir etwas dazu sagen, Valerie?« Ihre Stimme klang wieder ganz normal.

Valerie schüttelte stumm den Kopf.

»Dann gehen wir vier jetzt mal in die Turnhalle. Mal sehen, ob wir etwas finden.«

Aber schon vor der Tür der Turnhalle kam ihnen eine jüngere Schülerin entgegen. In der Hand hielt sie eine Geldbörse.

»Mein Portemonnaie!«, rief Susi.

»Ich wollte es gerade zum Hausmeister bringen«, sagte das Mädchen. »Es lag hinter der Bank an der Wand. Bestimmt ist es dir aus der Tasche gefallen.«

Susi musste sich bei Valerie entschuldigen, und weil sie wirklich ein schlechtes Gewissen hatte, waren sie und Reni besonders nett zu der Neuen. Und die war bald nicht mehr die Neue, sondern nur noch Valerie.

»Denkt immer daran, dass der Schein manchmal gegen jemanden sprechen kann. Verurteilt nie ohne Beweise. Damit kann man großes Unglück anrichten«, hatte Frau Lammers gesagt. »Es gilt: Im Zweifel für den Angeklagten!«

Und nun hatte Fatima Malika erklärt, dass es genug war, wenn schon der bloße Schein gegen eine Frau sprach. Dann konnte man ihr ohne Weiteres die schlimmsten Höllenqualen wünschen.

»Ist das nicht ungerecht?«, hatte Malika gefragt. »Man kann doch eine Frau nicht verurteilen, nur weil man *denkt*, dass sie etwas Unrechtes getan hat.«

Fatima hatte die Stirn gerunzelt. »Zweifle nicht am Koran«, hatte sie gesagt, »das heilige Buch hat immer recht. Es gibt auch Suren, in denen steht, dass man vier Zeugen bringen muss. Wenn die Gläubigen rechtschaffen sind, ist es im Sinne Allahs!«

Also kommt alles auf die Rechtschaffenheit der Zeugen an, hatte Malika schon damals gedacht. Gab es nicht überall unehrliche Menschen, Menschen, die logen, weil sie sich einen Vorteil erhofften? Allah wird sie bestrafen, dachte Malika, Allah sei mit uns, Allah ist groß, Allah ist mächtig, Allah bewahre uns vor Lug und Trug.

In dem heiligen Buch stand auch, dass der Bruder die Verlobte seines verstorbenen Bruders heiraten durfte, wenn die Familie der Frau damit einverstanden war. Fatimas Familie war damit einverstanden.

Nur Fatima war es nicht.

Weil Kalim den Koran ganz anders las. Weil er Gewalt predigte, weil er seine Frau oft geschlagen hatte. Und eines Tages war seine Frau gestorben. Niemand hatte ihn angeklagt. Ein Mann durfte seine Frau schlagen, wenn sie Unrecht getan hatte. Was hatte Kalims Frau getan?

Es war, als hätte es Fatima nie gegeben.

»Sprich nicht über sie«, hatte Malikas Mutter geflüstert. »Sie hat Schande über ihre Familie gebracht. Sie hat das Versprechen ihrer Familie gebrochen. Kalim hat Rache geschworen.«

Und Malika sprach nicht über sie. Fatima wurde ein Geist – sie war da und doch nicht greifbar. Mit wem sollte Malika über sie sprechen? Manchmal glaubte sie, dass ihr Vater und ihre Brüder über Fatima sprachen, aber die Gespräche verstummten, wenn sie eintrat. Vielleicht irrte sie sich auch? Mit der Zeit verblasste die Erinnerung an Fatima. Bis sie sie wiedersah.

Es war auf dem Weg zur Schule.

Fatima prangte als Titelfoto auf einer Boulevardzeitung. Mit zitternden Fingern griff Malika zu ihrer Geldbörse und kaufte die Zeitung.

Fatima sah wunderschön aus. Ihr Kopftuch umschloss fest ihr schmales Gesicht mit den sanften Augen und dem Mund, der sich zu einem kleinen Lächeln verzog. So als wäre das, was in dem Bericht stand, gar nicht wahr.

Ehrenmord am Hauptbahnhof!
Blutrache in Deutschland!
Vom eigenen Bruder ermordet!

Malika überflog hastig den Bericht. Offenbar hatten die Brüder Fatima doch noch aufgespürt, waren ihr gefolgt und hatten sie mitten im Hauptbahnhof niedergestochen.

Der Bericht zitierte eine Zeugin: Als sie die Männer auf sich zukommen sah, habe die junge Frau gelächelt, war stehen geblieben, hatte ihnen ihre Hände entgegengestreckt und gleichzeitig laut und deutlich auf Deutsch gesagt: »Es sei so. Tötet mich, wenn ihr glaubt, dass es so sein muss. Aber glaubt nicht, dass ihr das im Namen Allahs tut. Gott ist Liebe!«

Das hatte die Wut des einen Bruders wohl noch vergrößert, denn er hatte mehrere Male auf seine Schwester eingestochen, bis Passanten ihn endlich überwältigen konnten.

Malika lehnte sich gegen die Hauswand. Sie hatten sie tatsächlich umgebracht. Fatimas eigene Brüder. Dabei hatte sie nur einen Mann nicht heiraten wollen, der Gewalt predigte und seine Frau geschlagen hatte.

Fatimas Brüder hatten Angst vor seiner Rache gehabt. Aus Angst und weil Fatima angeblich die Ehre der Familie beschmutzt hatte, musste sie sterben. Und das mitten in Deutschland! Warum sie wohl gelächelt hatte? Vielleicht war sie froh, nicht mehr fliehen zu müssen, vielleicht dachte sie an das Paradies, das sie erwartete?

»Ist was, Malika?« Eine Stimme drang zu Malika durch. Sie blickte verwirrt hoch. Vor ihr stand Frau Lammers. Die Zeitung fiel zu Boden. Frau Lammers bückte sich und hob sie auf. »Kanntest du die Frau?«

Malika senkte den Kopf und schwieg.

»Du kannst immer mit mir reden, Malika«, hatte Frau Lammers gesagt. »Glaube mir, ich werde für dich da sein, wenn du mich brauchst.«

Zu Hause hatte sie die Zeitung auf den Tisch gelegt und ihren Bruder Abdul angesehen. Ihr Vater und Achmed waren noch unten im Laden. Mutter war in der Küche.

»Würdest du mich auch töten?«, fragte sie ihn, und plötzlich musste sie weinen. Es war so schrecklich.

Abdul kannte den Artikel wahrscheinlich schon. Er schob die Zeitung schnell zur Seite.

»Dummes Mädchen«, sagte er, »als wenn du uns jemals Schande machen würdest.«

Das war nicht die Antwort, die sie hatte hören wollen.

»Fatima war eine kluge und gläubige Frau«, hatte Malika erwidert. »Das hat sogar Vater gesagt. Sie hat mich gelehrt, den Koran zu lesen und zu verstehen. Wie könnte sie ihrer Familie Schande machen?«

Abdul zitierte den Koran. Er sagte sinngemäß, wenn man glaubte, sollte man nicht töten. Und wenn man doch tötete, dann würde man mit der Hölle bestraft.

Abdul sah sie an.

Reichte ihr das?

Er wusste wie sie, dass es auch Suren gab, die etwas anderes aussagten. Er spürte die Angst seiner jüngeren Schwester. Wie sollte er ihr helfen? Sollte er ihr erzählen, dass er hoffte, sie würde zu einer klugen, gehorsamen muslimischen Frau heranwachsen? Dass er betete, dass sie nie die Ehre der Familie beschmutzen würde?

Hatte er nicht selbst im Urlaub gegen den Koran verstoßen, weil er es nicht ertragen konnte, dass der Mann in dem Restaurant seine Frau schlug und bespuckte? Ein Mann hatte das Recht, seine Frau zu schlagen, und er hatte sich ganz und gar ungebührlich eingemischt, als er den Mann bat, seine Frau nicht in der Öffentlichkeit zu bestrafen. Allerdings forderte der Koran von den Männern auch, sich zu beherrschen. Auf jeden Fall sollte ein Mann nicht ohne Grund seine Frau »korrigieren«. Und er sollte erst versuchen, mit ihr zu reden oder eine Zeit der Besinnung einkehren lassen.

Er hatte geredet, als wenn es bei ihnen zu Hause besser gewesen wäre. Was Inez wohl dazu sagen würde? Das war ja das Absurde daran: Er selbst war bis über beide Ohren verliebt – in Inez, eine junge Spanierin, die er auf der Abendschule kennengelernt hatte. Inez war nach dem Koran eine Polytheistin.

»Wieso bin ich eine Polytheistin?«, hatte sie ihn irritiert gefragt, als er sie im Scherz so genannt hatte. »Ich weiß, was das bedeutet: dass man an viele Götter glaubt. Aber das tue ich nicht – ich bin eine gläubige Katholikin!«

»So werden im Koran Andersgläubige genannt«, hatte Abdul ihr erklärt. Er wusste, dass Inez gläubig war. Und sie war keines von den Mädchen, die schon feste Freunde gehabt hatten. Würde sie jemals zum Islam wechseln?

»Abdul.« Die Stimme seiner Schwester riss ihn aus seinen Gedanken. Er nahm sich zusammen. »Wie könnte ich dich töten?«, fragte er. »Du bist ein Teil von mir.«

Malika sah ihn an. Ihr Blick war immer noch voller Angst. Ob sie wohl spürte, dass auch er Angst hatte?

Ihre Stimme war klein und dünn, als sie sagte: »Fatima hat mich gelehrt, dass Gott vergibt, wem Er will, und dass Er peinigt, wen Er will. Und Gott ist barmherzig und voller Vergebung.«

Sie strich eine Locke aus ihrem Gesicht. Zu Hause durfte sie das Kopftuch abnehmen, wenn nur ihre Brüder und Eltern anwesend waren.

»Vergibt Gott Fatimas Mördern? Hat er sie gepeinigt? Ist Gott nur für Männer barmherzig und voller Vergebung?«

Kapitel 2

Malikas Familie war gerade mitten in den Vorbereitungen für einen Urlaub bei den Verwandten in Marokko, als Malika das Buch von Waris Dirie las.

Waris Dirie war selbst als Kind Opfer einer Beschneidung geworden. Mit einem einfachen Rasiermesser und ohne Betäubung schnitt man ihre Klitoris weg. Waris wurde bewusstlos. Als sie wieder zu sich kam, litt sie unerträgliche Schmerzen. Sie bekam eine lebensbedrohliche Infektion und hatte tagelang hohes Fieber. Später konnte sie nach Europa flüchten. Waris' Geschichte war für sich genommen schon schlimm genug, aber Malika erfuhr, dass nach wie vor viele Mädchen so verstümmelt wurden – besonders konservative muslimische Familien ließen sich nicht von diesem barbarischen Brauch abbringen. Und weil in Deutschland diese »weibliche Beschneidung« verboten war, fuhren muslimische Eltern mit ihrer Tochter in ihr Geburtsland und ließen dort den Eingriff vornehmen.

Es war ihre Einsamkeit, das Fehlen einer Vertrauten, dass die Angst in Malika immer größer wurde. Wollten ihre Eltern sie in Marokko auch zu so einer Frau bringen, die Beschneidungen an Mädchen vornahm? War es in dem marokkanischen Dorf, aus dem ihre Mutter stammte, üblich, dass die Mädchen beschnitten wurden? War ihre Mutter beschnitten?

Malika konnte nächtelang nicht schlafen und wurde blasser und blasser. Sie las immer wieder im Koran. Nirgends konnte sie eine Sure finden, die die genitale Verstümmelung zum Thema hatte. Überlas sie etwas? Konnte sie eine Passage im heiligen Buch nicht richtig deuten? Sie sah Abduls besorgten Blick, aber sie deutete ihn falsch. Vielleicht wusste er etwas, vielleicht hatte er Mitleid mit ihr?

Als sie beim gemeinsamen Essen wieder nur in ihrem Reisnapf herumstocherte, brach ihr Vater das Schweigen.

»Was ist mit dir, Malika? Ich sehe dich ohne Appetit essen, du gehst gebückt unter einer Last. Betest du regelmäßig?«

»Ja, Vater«, sagte Malika. »Ich bete regelmäßig und erfahre Trost aus dem heiligen Wort.«

Das war die Antwort, die ihr Vater hören wollte.

Es war gelogen.

Der Koran gab ihr keine Antwort auf ihre Frage. Was war schlecht an ihren Geschlechtsteilen?

Sie wusste, dass alles darauf ankam, wie man das heilige Wort deutete. Das hatte Fatima damals zu ihr gesagt. »Die Fundamentalisten lesen den Koran, als wäre er in unserer Zeit entstanden. Es steht zum Beispiel geschrieben, man müsse sich reinigen, wenn man eine Frau berührt hat. Das deuten sie so, dass man einer Frau nicht einmal die Hand geben darf. Andere glauben, damit seien nur intime Berührungen gemeint.«

»Was sind intime Berührungen?«, hatte die kleine Malika gefragt, obwohl sie eine Ahnung hatte. Eine feine Röte hatte sich über Fatimas Gesicht ausgebreitet. »Nun, solche Berührungen, wie sie Mann und Frau nur auswechseln sollten, wenn sie verheiratet sind.«

Jetzt hätte sie gerne eine Koranlehrerin gehabt, die ihr all die Fragen, die sie hatte, erklären konnte. Vielleicht würde ihr das die Angst nehmen. Vielleicht würde der Druck in ihrem Bauch nachlassen.

In einer Sure hatte sie gelesen, dass die Frau ihren Zierrat verbergen sollte. Moderne Muslime verstanden darunter die Geschlechtsteile der Frau und die Brüste. Andere waren der Ansicht, der ganze Körper sei gemeint – von den Haaren bis hin zu den Knöcheln. Manche Frauen mussten oder wollten ja sogar eine Burka tragen, die nur einen Schlitz für die Augen frei ließ, alles andere war unter einem dunklen Gewand verborgen.

Das Verhüllen der weiblichen Reize sollte die Mädchen und Frauen vor dem Lustempfinden der Männer schützen und diente damit natürlich ihrer eigenen Sicherheit. Schließlich wollte keine anständige Frau, dass sich ein Mann ihr ungebührlich näherte.

Quatsch!, dachte Malika. Waren die Männer nicht selbst dafür verantwortlich, wie sie mit ihrer Lust umgingen? Sie waren doch Menschen, die sich beherrschen konnten! Aber vielleicht gab es wirklich eine Sure, in der die weiblichen Genitalien als unziemlich angesehen wurden? Und dann war es nur natürlich, dass ein Mädchen auch niemals Lust empfinden sollte.

Oh, Allah, wen soll ich fragen? Wer hilft mir, wenn meine Mutter von einem Stamm kommt, in dem auch heute noch Mädchen beschnitten werden?

Sie dachte an Selbstmord.

Lieber bringe ich mich um, als dass man mich zu einer weisen Frau bringt und ich das Gleiche durchmachen muss wie Waris Dirie und Tausende anderer Mädchen. Das war eine Marter, die sie nicht überleben würde.

»Vielleicht wird ihr der Ausflug aufs Land morgen guttun?«, sagte Tante Tawfika. Tante Tawfika war Onkel Mohammed El Zhars Frau.

Aufs Land? Sollte der Albtraum jetzt beginnen?

Malikas Magen rebellierte. Der Druck suchte sich einen Ausweg, und sie konnte gerade noch ihr Gesicht abwenden, bevor sie sich erbrach. Ein saurer Schwall unverdauten Elends, gemischt mit Bohnen und Reis.

Geschockt wandten sich die Männer ab. Kuchida, Tawfikas älteste Tochter, sprang auf, holte einen Lappen und wischte den Boden auf.

»Ich kümmere mich um sie«, sagte sie und führte Malika aus dem Raum. Als Malika sich noch einmal erbrach, stützte sie sie und kühlte ihre heiße Stirn.

»Was ist nur mit dir, du Arme? Warum zitterst du wie ein Lamm vor dem Opferstock? Du glühst, als hätten böse Mächte von dir Besitz ergriffen!«

Da brach die Angst aus Malika heraus.

»Ich will morgen nicht mit aufs Land«, schluchzte sie.

»Aber warum denn nicht?« Kuchida strich Malika beruhigend über den Rücken. »Mutter backt frisches Fladenbrot, wir nehmen Gläser mit gefüllten Weinblättern mit, und irgendwo werden wir dann nett grillen. Es wird schön, ganz bestimmt!«

Malika schüttelte Kuchidas Hand ab.

»Soll das meine Henkersmahlzeit sein? Was steht denn danach auf dem Programm?«

Verständnislos sah Kuchida Malika an.

»Wovor hast du bloß Angst?«, fragte sie.

Konnte sie es Kuchida sagen? Vielleicht hatte ihre Cousine dasselbe erlebt? Aber gerade dann müsste sie ihre Angst doch verstehen!

»Du kannst mir vertrauen«, sagte Kuchida. »Hast du Schuld auf dich geladen?«

Schuld? Sie? Wenn es eine Schuld war, nicht den grausamen Traditionen folgen zu wollen, ja, dann hatte sie Schuld auf sich geladen.

Kuchida zitierte im leisen Singsang aus der vierten Sure: »Gott ist voller Verzeihung, Gott verzeiht allen sündigen Menschen, auch wenn er die Macht hat, sie zu bestrafen, so sollen auch die Menschen bereit sein, zu verzeihen.«

»Ich habe nichts getan!« Malika drehte sich zur Seite und wischte sich die Tränen aus den Augen. »Aber ich will nicht verstümmelt werden! Ich will nicht beschnitten werden, nur weil das in einigen Clans noch so üblich ist!« Sie hatte das Gefühl, ihre Angst herauszuschreien, aber in Wahrheit war es nicht mehr als ein ersticktes Flüstern.

Kuchida griff Malika bei den Schultern und drehte sie zu sich.

»Wie kommst du darauf, dass wir beschnitten werden?«

Malika traute sich nicht, ihre Cousine anzusehen.

Konnte sie ihr wirklich vertrauen? Die beschnittenen Frauen meinten ja, es sei gut für ihre Töchter, für ihre spätere Rolle als Ehefrau. Die Beschneidung als eine Art Garantieschein für ihre Treue. Vielleicht dachte Kuchida auch so?

»Ach, du armes Schäfchen«, flüsterte Kuchida, »wer hat dir nur diesen Unsinn eingeredet?«

»Es ist kein Unsinn!«, begehrte Malika auf. »Ich habe darüber gelesen. Von Frauen, die es selbst erlebt haben.«

Kuchidas Stimme klang jetzt fester.

»Aber eine solche Tradition gibt es doch nicht in unserem Clan. Ganz bestimmt nicht!«

Erst jetzt sah Malika ihre Cousine an.

Kuchida hatte ihr Kopftuch im Nacken zu einem Knoten verschlungen, dadurch kam ihr ebenmäßiges Gesicht noch besser zur Geltung. Ihre großen braunen Augen hatte sie mit Kajal betont. Sie war ein sehr hübsches Mädchen. Nächstes Jahr sollte sie heiraten, und Kuchida hatte Malika schon anvertraut, dass sie großes Glück habe, weil ihr zukünftiger Mann ein gebildeter, lieber Mensch sei. »Er ist Pilot und kennt die Welt. Natürlich ist er ein gläubiger Muslim und unsere Familien sind schon lange befreundet.«

Voller Mitgefühl erwiderte sie jetzt Malikas Blick.

»Hab keine Angst. Bei Allah verspreche ich dir, dass wir nicht beschnitten werden. Meine Mutter ist nicht beschnitten, deine Mutter nicht, ich nicht und du brauchst es auch nicht zu fürchten.«

Sie verspricht es mir bei Allah, dachte Malika und sah forschend in Kuchidas Augen.

Sie sagte die Wahrheit. Sie würde den Namen Allahs nicht für eine Lüge missbrauchen.

»Geht es dir deswegen so schlecht?«, fragte Kuchida. »Ist es die Angst, die in deinem Inneren wütet?«

Malika senkte den Blick.

»Ich habe niemanden, mit dem ich darüber reden kann. In Deutschland ist die Beschneidung von Mädchen verboten, aber in den Zeitungen liest man immer wieder, dass muslimische Mädchen in den Ferien im Heimatland zu einer sogenannten weisen Frau gebracht werden, manchmal auch zu einem Arzt, und dann geschieht es.«

»Eine grausame Tradition«, sagte ihre Cousine. »Unsere Männer denken fortschrittlicher. In Marokko kommt die Beschneidung kaum noch vor.«

Fortschrittlicher? Kuchida war bei dem Vorfall im Restaurant zwei Jahre zuvor nicht dabei gewesen, aber ihr Vater hatte Abdul gerügt, als der sich einmischte. Malika würde diese Szene nie vergessen. Sie hatte im Koran nachgelesen. Ein Mann sollte sich beherrschen, sollte versuchen, mit der Frau zu reden.

Onkel Mohammed schlug seine Frau auch nicht. Er behandelte sie mit Respekt und Achtung, wie es der Koran verlangte. Aber er fand es normal, dass andere Männer ihre Frauen züchtigten.

Ob Kuchida es normal fand?

Irgendwann würde sie sie fragen. Jetzt reichte ihr das Versprechen, dass ihr kein Leid zugefügt werden würde.

»Ich lege mich hin«, sagte Malika. »Dann bin ich morgen wieder fit, wenn wir unseren Ausflug machen.« Sie versuchte ein Lächeln. »Schließlich soll es ja ein schöner Tag werden.«

Und es war ein schöner Tag geworden. Offenbar hatte Kuchida ihrer Mutter erzählt, warum Malika so scheu und ängstlich gewesen war. So ängstlich, dass es sie krank gemacht hatte. Und sie hatte es wohl auch Malikas Mutter gesagt. Auf jeden Fall begegneten ihr alle freundlich und verständnisvoll. Mit dem Landrover waren sie zu einem Picknickplatz gefahren. Unterwegs hatte Onkel Mohammed plötzlich den Motor abgestellt und die Scheiben heruntergedreht. Er wandte sich Malika zu. »Atme einmal tief ein, Malika. Was riechst du?«

Malika hatte die Augen geschlossen und die warme Luft in sich aufgenommen.

»Minze«, sagte sie, »es duftet nach Minze!«

Zufrieden hatte Onkel Mohammed genickt. »Minze ist der Geruch Marokkos. Unsere Frauen würzen damit gerne ihre Fleischgerichte.« Wohlgefällig sah er seine junge Nichte an. Sie war ein sittsames und kluges Mädchen.

Auch der Blick von Kuchidas Bruder Rashid ruhte auf Malika.

Seit die Verwandten aus Deutschland zu Besuch waren, schaute er seine Cousine plötzlich mit anderen Augen an.

Seine ihm versprochene Braut war vor wenigen Wochen mit einem holländischen Touristen Hals über Kopf abgereist. Das war eine große Schande für ihre Familie.

»Wir haben keine Tochter mehr«, hatte ihr Vater Abdin Algan gesagt. Seine Frau hatte leise schluchzend ihr Kopftuch tiefer ins Gesicht gezogen.

Mohammed El Zhar hatte bedächtig genickt.

»Wir verstehen euren Schmerz. Aber ich möchte euch ausdrücklich zum Verzeihen ermahnen.« Er zitierte die vierte Sure. »Wenn Allah allen sündigen Menschen verzeiht, so sollt ihr das auch tun. Gebt euch nicht der Rache hin.« Er hatte einen Augenblick geschwiegen. »Natürlich verstehen wir, dass sie für euch als Tochter gestorben ist. Aber betet für sie, dass sie den richtigen Weg zurückfinden möge.«

Mohammed El Zhar wollte keine Blutrache – das hatte er durch diese Worte ausdrücklich zu erkennen gegeben.

Doch das geschah nicht nur aus Großmut. Er hatte selbst andere Pläne. Natürlich hätte er das gegebene Eheversprechen eingehalten. Er war ein Mann von Ehre. Aber jetzt hatte es die Braut selbst gebrochen, und ihm lag nichts daran, der Familie Abdin Algan noch mehr Schmerz zuzufügen. Wie schnell wurde aus Blutrache eine Spirale der Gewalt.

Sein Sohn Rashid hatte sich äußerlich zu einem kräftigen jungen Mann entwickelt, aber er war mit seinen zwanzig Jahren noch immer wie ein großes Kind. Er neigte zu Übergewicht, aß zu viele Süßigkeiten und weigerte sich, Verantwortung für sein Leben zu übernehmen. Als seine Braut davonlief, hatte er wie ein Kind geschmollt, dem man ein Spielzeug weggenommen hatte.

»Sie gehört mir«, hatte er zu seinem Vater gesagt. »Ich

will, dass man sie zurückholt und entsprechend dem Rat der Weisen bestraft.«

Sein Vater hatte den Kopf geschüttelt. »Was willst du mit einer Abtrünnigen? Sie hat ihre Ehre verloren. Willst du so eine Frau als zukünftige Mutter deiner Kinder? Ihre Eltern sind schon gestraft genug. Großmut und Verzeihen zeichnen den wahren Gläubigen aus.«

»Aber man wird über mich lachen«, hatte sein Sohn unbeeindruckt gesagt.

»Nur dann, wenn du dich weiter so aufführst«, hatte ihn sein Vater ermahnt. »Zeige, dass du ein Mann bist, mäßige dich, und gib dich nicht der Rache hin.«

Sein Sohn hatte ihn hilflos angesehen. »Aber was soll ich tun?«

»Bete und arbeite! Lass dich jeden Tag in der Moschee sehen, gib den Armen, wie der Koran es vorschreibt, sei ein gläubiger Moslem und Allah wird dir die rechte Frau zuweisen.«

Er hatte selbst so eine Idee, wen Allah für seinen Sohn aussuchen würde.

Kapitel 3

Als das Flugzeug in Frankfurt landete, war es Malika, als fiele eine Last von ihren Schultern. Sie war wieder zu Hause, sie war wieder in Deutschland. Doch schon bei der Passkontrolle verflüchtigte sich das Gefühl wieder. Sie hatte einen deutschen Pass, aber der Beamte studierte ihn besonders gründlich, genau wie den Pass ihrer Mutter.

»Malika Diba«, sagte er, als er ihr den Pass schließlich mit einem Lächeln zurückgab. »Was für ein schöner Name!«

Sie war es leid, dass sie an Grenzübergängen meist eine Sonderbehandlung bekam, obwohl sie doch deutsche Staatsbürgerin war. Nein, sie hatte keinen deutschen Namen, aber sie fühlte sich als Deutsche und nicht als Marokkanerin. Sie war hier aufgewachsen, die ersten Jahre ihres Lebens hatten sich kaum unterschieden von denen ihrer Spielkameradinnen.

Warum musste nun alles anders werden?

Warum war es so schwer, eine gute Tochter zu sein und gleichzeitig doch auch ganz sie selbst? Oder war es ihr Los, ein halbes Leben eine gute Tochter zu sein und dann für den Rest ihres Lebens eine gute Frau?

Konnte sie nicht ganz einfach sie selbst sein?

Aber wer war sie selbst?

Ein Mädchen, das voller Angst war und das sich schon schuldig fühlte, wenn es nur an Jungen dachte. Malika seufzte. Bis jetzt hatte sie dieser eine Junge allerdings noch nicht beachtet. Wahrscheinlich wusste er gar nicht, dass es sie gab.

»So in Gedanken versunken?« Freundschaftlich schubste Abdul seine Schwester an. »Komm, nichts wie nach Hause. Familie ist ja schön und gut, aber zu viel davon kann ziemlich anstrengend sein.«

Malika lächelte. Abdul brachte es auf den Punkt. Jeder in Marokko war freundlich und aufmerksam, aber es war eine andere Welt: lärmend, bunt, voller exotischer Gerüche. Und die Religion bestimmte den Tagesablauf. Tante Tawfika ging jeden Morgen noch vor Sonnenaufgang auf das Dach ihres Hauses und betete um Allahs Segen, las im Koran, schöpfte Kraft aus einer Sure, die sie willkürlich aufschlug.

Später sprach sie dann mit ihren Kindern über die Sure. Rashid arbeitete schon morgens in einem Camp für Touristen, aber Kuchida war eine geduldige Zuhörerin. Während ihres Aufenthaltes hatte sich auch Malika oft dazugesellt. Eines Tages ging es in ihrem Gespräch um den Umgang muslimischer Männer mit ihren Frauen.

»Wohl ergeht es den Gläubigen, die in ihrem Gebet demütig sind, und die sich von unbedachter Rede abwenden, und die die Abgabe entrichten, und die ihre Scham bewahren, außer gegenüber ihren Gattinnen, dann sind sie nicht zu tadeln.«

Kuchida und Malika wussten, dass es in der Sure hieß:

»… außer gegenüber ihren Gattinnen oder was ihre rechte Hand (an Sklavinnen) besitzt«, aber Tante Tawfika ließ den Zusatz weg, weil er nicht mehr zeitgemäß war. Ihr Mann hatte nie eine Zweitfrau gewollt, obwohl es ihm gestattet gewesen wäre, und darüber war sie froh. Er lebte im Sinne des Korans, so, wie es in der Sure weiter hieß: »… und die auf das ihnen Anvertraute und ihre Verpflichtungen achtgeben und ihr Gebet einhalten. Das sind die Erben, die das Paradies erben werden; darin werden sie ewig weilen.«

»Alle Tugenden, die wir leben sollen, sind in diesen heiligen Worten enthalten«, sagte Tawfika und sah die Mädchen aufmerksam an. »Hier könnt ihr lesen, dass auch die Männer keusch leben müssen und dass sie die gleichen Verpflichtungen haben wie wir Frauen.«

Kuchida nickte. Sie gehörte nicht zu den Frauen, die zweifelten. Ihre Eltern waren glücklich, ihr Vater ein friedlicher, verständnisvoller Moslem, dem Versöhnung und Vergebung wichtig waren. Sie hatte ihn wegen seiner Haltung im Falle der abtrünnigen Braut Rashids sehr bewundert. Allerdings wusste sie auch, dass Rashid seine Braut mit ins Camp genommen hatte, um mit ihr anzugeben. Sema Aissati war ein besonders schönes junges Mädchen gewesen, und Rashid fand es toll, wenn sie ihn von der Arbeit abholte. Manchmal ließ er sie extra lange warten, um seine Macht zu demonstrieren.

»Ohne mich ist sie nichts«, hatte Kuchida ihn einmal zu einem Freund sagen hören, »wir muslimischen Männer sind glücklicherweise noch die echten Herren im Haus!«

So hatte Sema einen jungen Holländer kennengelernt,

der sich erst aus Neugier zu ihr setzte und dann immer wieder, weil er sich in sie verliebt hatte. Und Sema erfuhr zum ersten Mal, dass ein junger Mann sich wirklich für sie interessierte, ihr zuhörte und mehr in ihr sah als ein hübsches Wesen, mit dessen Besitz man angeben konnte. Nachdem sie einander jeden Tag Mails geschickt hatten, Sema heimlich von einem Internetcafé aus, hatte Sema den Sprung ins kalte Wasser gewagt und war mit ihm zusammen in die Niederlande geflogen. Ihren Pass hatte sie in einem günstigen Moment aus dem Schreibtisch ihres Vaters entwendet.

Natürlich war die Aufregung groß gewesen, als Rashid ihren Abschiedsbrief erhielt.

»Ich habe nie bemerkt, dass ich für dich mehr bin als ein hübsches Ding. Das erste Mal erfahre ich, was Respekt und Zuneigung bedeuten. Ich weiß, dass ich ein Versprechen breche, aber dieses Versprechen habe ich selbst nie gegeben. Verzeih mir! Sema«

An ihre Eltern schrieb sie nur eine Zeile: »Verzeiht mir und betet für mich!«

Wenn Rashids Vater Mohammed El Zhar nicht so großmütig gewesen wäre, hätte es ein Drama geben können. Aber so trauerte die Familie Aissati um ihre sündige Tochter, und Rashid flirtete weiter mit den Touristinnen und nutzte die Gelegenheiten, wo sie sich ihm boten.

Von Keuschheit für Männer hielt er nicht viel.

Malika war froh, als die Schule wieder begann.

Endlich konnte sie wieder mit ihren Schulfreundinnen reden.

Sie erzählte von ihrem Urlaub in Marokko. Ihre Angst erwähnte sie natürlich mit keinem Wort. Stattdessen malte sie ein Bild von Marokko, das perfekt für einen Urlaubsprospekt taugte. »In Marokko gibt es wirklich alles: Berge, die Wüste und natürlich das Meer! Die Wüste ist wie ein ockerfarbener, hügeliger Teppich, nirgends sieht man Fußstapfen im Sand, weil der Wind sie sofort verwischt. Und wenn die Sonne untergeht, dann ist das einfach traumhaft! Solche Farben haben wir hier gar nicht!«

Lars stand etwas abseits. Er hatte Malikas Erzählungen gehört und kam nun dazu. »Meine Eltern haben sich letztes Jahr die Königsstädte angesehen. Du weißt schon, Fez, Marrakesch, Meknes und Rabat.« Er vergrub die Hände in den Taschen seiner Hüfthose. »Die fanden das aber gar nicht so toll. Mein Vater meinte, die Städte sähen aus wie Müllhalden! Überall waren Bettler und Kinder, die im Abfall nach Essen suchten. Besonders genervt haben sie die Händler – die waren wie die Schmeißfliegen.«

Plötzlich war es ganz still. Die Schüler sahen von Lars zu Malika und wieder zurück.

Malika wurde rot. Ja, sie hatte auch die Kinder gesehen, den Schmutz, aber den gab es doch auch in vielen anderen Ländern! Und sie wusste natürlich, dass über die Hälfte der Kinder nicht lesen und schreiben konnte, weil es nicht genug Schulen gab. Aber warum machte Lars sie so an? Sie konnte doch nichts dafür!

»Und weißt du, was ich mich frage?«, fügte Lars noch boshaft hinzu. »Wie hältst du es da bloß aus? Fünfundvierzig Grad war es, erzählte meine Mutter. Ich meine, in der Hitze und dann immer dieses Kopftuch um! Was hat euer Allah eigentlich gegen eine coole Frisur?«

»Halt doch die Klappe«, zischte sein Freund Tobias.

»Jetzt ist es aber genug«, sagte Elena energisch und legte Malika einen Arm um die Schulter. »Lass sie gefälligst in Ruhe!«

Valerie und Reni nickten zustimmend, aber Malika nahm es gar nicht wahr. Hatte Lars nicht recht? Natürlich wollte er sie provozieren, aber sie hatte sich das ja auch schon immer gefragt: Warum durften muslimische Frauen nicht ihre Haare zeigen? In der Bibel gab es auch Verse, die die Frauen dazu aufforderten, sich zu bedecken, das wusste Malika.

Aber welche Christin hielt sich noch an diese biblische Ermahnung? An anderer Stelle wurde den Frauen verboten, sich wie Männer zu kleiden. Malika kannte trotzdem kein Mädchen, das nicht in Jeans herumlief. Doch, in der Parallelklasse gab es ein Mädchen. Ihre Eltern waren Zeugen Jehovas. Malika kannte sie nicht, aber sie war auch eine Außenseiterin. »Die darf ja nicht einmal zu einem Geburtstag gehen«, hatte Elena zu ihr gesagt. »Kannst du dir so etwas Beschränktes vorstellen?«

Ja, das konnte sie. Elenas letztem Geburtstag war sie auch mit einer Ausrede ferngeblieben. Davor waren es nur Mädchenpartys gewesen, und die waren für ihren Vater in Ordnung, aber zu ihrem fünfzehnten Geburtstag hatte Elena das erste Mal auch Jungen eingeladen. Malika hatte es zu Hause ehrlich gesagt.

»Mit jungen Männern zusammen in einem Raum feiern? Das öffnet der Unsittlichkeit Tür und Tor!«, hatte ihr Vater geantwortet, als sie ihn um Erlaubnis bat.

Sie hatte im letzten Augenblick abgesagt: »Meine Mutter ist krank, ich muss kochen!«

Das war zwar eine Lüge, aber was sollte sie tun? Zugeben, dass ihr Vater das unschicklich fand? Elenas Eltern waren zu Hause und waren bestimmt auch daran interessiert, dass nichts »Unschickliches« passierte, aber sie vertrauten ihrer Tochter.

Was hatte Allah überhaupt gegen Mädchen und Frauen? Warum kamen sie im Koran so viel schlechter weg als die Männer? Warum waren sie offensichtlich weniger wert? Zwar stand im Koran, dass Gott Mann und Frau als Ebenbürtige erschaffen hatte, aber doch war die Frau immer wieder das Opfer von Unterdrückung.

Trotzdem: Nie würde Malika dem Großmaul Lars zeigen, dass auch sie Zweifel hatte. Ihre Angst, ihre Unsicherheit – das war ihre Sache. Aber jemand, der keine Ahnung hatte, der sollte am besten den Mund halten.

»Vielleicht solltest du den Koran mal lesen«, sagte sie zu Lars, all ihren Mut zusammennehmend, »oder pass wenigstens gut auf, wenn ich mein Referat über den Koran halte.«

»Gut so«, sagte Elena. »Zeig's dem Macho!«

Kapitel 4

Auf ihr Referat hatte sie sich gründlich vorbereitet. Frau Lammers war über ihre Idee, etwas über den Koran zu erzählen, sehr erfreut.

»Wie schön, Malika, dass du dieses interessante Thema ausgewählt hast. Wir hören und lesen so viel über den Islam und wissen eigentlich so wenig davon.«

Da hatte Malika den Blick gesenkt. »Ich weiß auch nicht genug. Viele Fragen werde ich nicht beantworten können. Ich kann nur eine Zusammenfassung geben. Ich bin keine Koranlehrerin, aber ich habe einen guten Unterricht gehabt und bin mit dem Koran aufgewachsen.«

Sie dachte an Fatima. Es tat weh, an sie zu denken.

Frau Lammers legte ihre Hand auf Malikas Schulter.

»Von Descartes stammt der Satz: Ich weiß, dass ich nichts weiß. Je mehr man weiß, desto deutlicher wird einem, dass man vieles noch nicht weiß und vielleicht auch nie begreifen wird. Da bist du in guter Gesellschaft.«

Malika hatte sich für ihr Referat etwas Besonderes angezogen. Ihr Kopftuch war wie das von Kuchida im Nacken zu einem Knoten geschlungen. Ein gedrehtes Band über ihrer Stirn hatte die gleiche Farbe wie ihre lila Bluse mit den üppigen Stickereien am Hals und am Saum der langen

Ärmel. Dazu trug Malika eine leichte, lange Pluderhose, deren Hosenbeine an den Knöcheln mit lilafarbenen Bündchen abschlossen.

»Wow, siehst du klasse aus!« Elena schaute sie bewundernd an und befühlte den Stoff. »Ist ja cool, so leicht und dünn!«

»Das ist Seide«, sagte Malika stolz und wurde rot. »Seide kühlt in der Sonne und wärmt, wenn es abends windig ist.« Jetzt kamen auch die anderen Mädchen dazu. »Du siehst wirklich super aus«, sagte Reni. »Orientalisch ist außerdem total in!«

Ja, wenn man es nicht jeden Tag tragen *muss*, dachte Malika, dann ist es klasse. Aber sie fügte nur noch hinzu: »Im Haus tragen die Frauen natürlich Baumwollkleider, meistens mit langen, dünnen Hosen darunter. Seide ist nur was für die Festtage.« Und für die, die das Geld dafür haben, dachte sie, aber das war in Deutschland auch nicht anders. Nicht alle konnten sich hier teure Markenkleidung leisten.

Heute war zwar kein Festtag, aber sie wollte das Referat in ihrem besten Gewand halten. Vater hatte zustimmend genickt. »Zur Ehre Allahs! Aber sag deinen Zuhörern, dass du nur ein Mädchen bist, das versucht, Mohammeds Wort weiterzugeben. Hüte dich vor falschen Auslegungen und Erklärungen. Es ist gut, wenn es den Dialog zwischen Ungläubigen, Christen und Muslimen gibt. Unser Glaube wird leider viel zu sehr missbraucht, um kriegerische Ideen durchzusetzen.«

Und um Frauen und Mädchen zu unterdrücken, dachte

Malika, aber das sagte sie nicht. Ihr Vater hätte sie entsetzt und verständnislos angesehen. In seinem Haus wurde doch niemand unterdrückt? Das von Malika gehasste Kopftuch diente doch nur dem Schutz der Frau und war kein Zeichen der Unterdrückung!

Und an den grausamen genitalen Verstümmelungen hatten seine Familie und sein Clan keinen Anteil. Aber Fatimas Handeln hatte er trotzdem verurteilt. Weil sie nicht den fundamentalistischen Bruder ihres verstorbenen Verlobten heiraten wollte, der doch genau das tat, was ihr Vater nicht wollte: Er missbrauchte den Koran, um zur Gewalt aufzurufen.

Und obwohl ihr Vater das nicht als Unterdrückung bezeichnet hätte: Als Frau hatte sie sich zu fügen. Wurde da nicht ebenfalls der Koran missbraucht? Ob man zum Beispiel wirklich das Recht hatte, seine Frau zu schlagen, war im Koran nicht zweifelsfrei zu lesen. Es hing davon ab, wie man das arabische Wort »daraba« interpretierte. Außer »schlagen« konnte es auch »verlassen« bedeuten. In jedem Fall wurde dem Mann Mäßigung empfohlen.

Wo war da die Rede von Mord? Davon, dass der Bruder das Recht hatte, seine Schwester zu töten? Und dass sie der Familie Schande bereitet hatte und nicht der Bruder?

Malika hatte lange darüber nachgedacht, ob sie in ihrem Referat den Koran und die Bibel miteinander vergleichen sollte. Schließlich gab es auch in der Bibel Aussagen, die die Frauen diskriminierten. Aber sie hatte sich dagegen entschieden. Zwar war die Bibel für Christen auch ein heiliges

Buch, aber wer nahm die Texte tatsächlich wörtlich? »Das Weib sei dem Manne untertan!« Wenn sie diesen Satz sinngemäß aus der Bibel zitieren würde, würden alle Mädchen nur noch müde lächeln. Heute war Emanzipation angesagt – von »untertan« konnte keine Rede sein.

Wussten ihre Mitschüler überhaupt, was in der Bibel stand? Sie bezweifelte es!

Malika hatte die Karte Marokkos an die Tafel geheftet. Sie wies mit einem Zeigestock auf das schmale Land am Mittelmeer und Atlantik.

»Wenn man durch Marokko reist, entdeckt man, dass das Land meiner Väter viele Unterschiede kennt. Unterschiede im Klima, in den Landschaften, in den Städten.« Sie sandte einen kurzen Blick zu Lars und seinem Tischnachbarn. »Eins eint aber unser Land und das ist die Religion – der Islam.«

Malika wusste, dass das moderne Casablanca über das »rückständige« Marrakesch lächelte, und die saftigen Wiesen im Norden täuschten über die Wasserarmut im Süden hinweg. Aber heute war der Koran ihre Botschaft. Sie sah zu ihrer Lehrerin hinüber, die ihr von der letzten Reihe aus ermutigend zunickte, und fuhr fort: »Der Koran ist das heilige Buch der Muslime. An vielen Stellen bestätigt er die jüdische Thora und das christliche Evangelium.«

»Wer behauptet denn das?«, unterbrach Lars sie.

»Das kannst du im Computer nachlesen. Und eine Koranlehrerin, die ich kenne, hat es mir bestätigt.« Sie zog ihre Augenbrauen in die Höhe. »Kann ich jetzt weiterreden?«

»Bitte«, sagte Frau Lammers und freute sich offensichtlich über Malikas Schlagfertigkeit.

»Mohammed ist der Verkünder des Korans. Er ist von Gott als Prophet gesandt, um Seine endgültige Offenbarung und Seinen Willen zu verkünden.« Sie räusperte sich.

»Nach der christlichen Zeitrechnung wurde er ungefähr um das Jahr 570 in Mekka geboren. Deswegen ist Mekka unsere heilige Stadt. Jeder Muslim soll einmal in seinem Leben Mekka besuchen.

Mohammeds Vater starb früh; als er sechs Jahre alt war, starb auch seine Mutter Amina. Er wurde von einem Onkel erzogen. Später wurde er Karawanenführer einer reichen Witwe, die er dann auch heiratete. Sie waren glücklich, und solange sie lebte, hatte er keine anderen Frauen. Er hatte mehrere Kinder, aber Fatima, seine Tochter, wurde durch die Heirat mit einem Kalifen zur Stammmutter des Propheten.«

Malika dachte an ihre Fatima, die so fest im Glauben gewesen war und so grausam sterben musste. Sie machte eine kurze Pause und trank einen Schluck aus ihrer Wasserflasche. Es gelang ihr, das Bild ihrer Koranlehrerin aus ihren Gedanken zu verdrängen.

»Mohammed war ein tiefreligiöser Mensch. Er war ungefähr vierzig Jahre alt, als ihm der Engel Gabriel erschien. Der forderte ihn auf, die Schrift auf einem Tuch, das er ihm hinhielt, zu lesen. Mohammed konnte weder lesen noch schreiben. Doch der Engel bedrängte ihn immer mehr. Schließlich versuchte Mohammed, die Schrift zu deuten, und es gelang ihm! Da rief Gabriel ihm zu: ›Mohammed, du bist der Prophet Gottes!‹«

»Und ich bin der Heilige Geist«, rief Lars und rollte genervt mit den Augen.

»Lars«, Frau Lammers' Stimme war ganz sanft, »noch ein Mal und du schreibst mir einen Aufsatz über Malikas Referat.«

Lars schnitt eine Grimasse, sagte aber nichts mehr.

Malika warf ihrer Lehrerin einen dankbaren Blick zu. Dann sprach sie weiter, als hätte es keine Unterbrechung gegeben.

»Natürlich war Mohammed noch immer sehr verwirrt und er litt. Er hatte Angst, dass er vielleicht das Spielzeug böser Mächte geworden war. Erst als er wieder eine Bestätigung seiner Offenbarung erhielt, glaubte er. Von da an schrieb er Gottes Wort nieder und hielt Predigten. Er beschwor seine Zuhörer, keine anderen Götter neben Allah zu haben. Das rief bei den einflussreichen Leuten in Mekka heftigen Widerstand hervor. Deswegen wanderte Mohammed mit seinen Anhängern im Jahr 622 nach Medina aus. In Medina wurde er mit der Hilfe Allahs auch ein kluger Staatsmann und Führer. Er berief sich darauf, dass seine Religion die Religion Abrahams sei, und die bestand schon vor dem Christentum. Mohammed bekam immer wieder Offenbarungen. Es schien dann, als sei er tief in Gedanken versunken. Wir Muslime glauben, dass der Koran nicht von Menschen geschrieben wurde, sondern Gottes Wort ist. Wir meinen, kein Mensch könnte solche Texte verfassen. Nicht eine einzige Sure. Der Koran ist eine Offenbarung in arabischer Sprache. Mohammed hat immer bestätigt, dass er ein Mensch sei, aber zugleich ein Prophet Gottes. Gott hat ihm in den Offenbarungen Sein Wort kundgetan. Mohammed selbst konnte nicht schreiben, aber seine Schreiber hielten seine Worte fest.«

Malika erwartete eigentlich, dass hier jemand spotten würde, aber Frau Lammers' Ermahnung wirkte noch. Außerdem hätte sie schon eine Bemerkung parat gehabt: Damals gab es viele Menschen, die nicht lesen und schreiben konnten.

So holte sie nur tief Luft und fuhr dann fort:

»Sie schrieben auf alles, was gerade vorhanden war: Zettel, Steine, Palmblätter, Seidentücher, Holzstücke, Leder oder sogar Knochen. Erst nach Mohammeds Tod dachte seine Gemeinde daran, die einzelnen prophetischen Botschaften zusammenzustellen. Abu Bakr, ein Feldherr und Kalif, beauftragte Zayd, den Schreiber, die erste Gesamtfassung des Korans auf Blättern gleicher Größe herzustellen. Später fertigte Zayd eine für alle verbindliche Fassung des Korans an. Das war ungefähr in den Jahren 650 bis 656.«

Beinahe geschafft, dachte Malika und war froh, dass sie sich so gründlich vorbereitet hatte. Ihre Stimme klang noch immer klar:

»Der Text der verbindlichen Ausgabe des Korans ist in hundertvierzehn Suren aufgeteilt. Jede Sure hat einen Namen. Die Namen sind nicht Bestandteil des offenbarten Korans, sondern Teil der Tradition. Sie sind Erinnerungshilfen für die, die den Koran zitieren. Außerdem helfen die Namen, wenn man den Koran auswendig lernt. Viele Suren erzählen Geschichten über die Erschaffung des Menschen. Andere enthalten Vorschriften, wie gläubige Muslime leben sollen. Sie beginnen mit: ›Vorgeschrieben ist euch …‹, oder aber auch: ›Verboten ist euch …!‹ Außerdem enthält der Koran natürlich Gebete und Anrufungen, die der Muslim für ein frommes Leben braucht.

Es gibt Muslime, die glauben, dass es besser ist, den arabischen Text des Korans nicht zu übersetzen. Schon den Finger auf eine im Original geschriebene Sure zu legen könne hilfreicher sein, als einen schlecht übersetzten Vers zu lesen.«

Malika nahm wieder einen Schluck Wasser. Die Klasse war jetzt so still, dass Malika schon fürchtete, alle seien total gelangweilt. Aber ein kurzer Blick auf ihre Mitschüler überzeugte sie vom Gegenteil: Alle sahen sie aufmerksam und interessiert an. Vielleicht machte sie ihre Sache ja wirklich gut! Es war so schwierig für sie, über den Koran zu reden. Einiges konnte und wollte sie nicht sagen – entweder weil sie damit den Widerspruch ihrer Klassenkameradinnen wecken oder gegen die Tradition gläubiger Muslime verstoßen würde. Und wie würden Lars und seine Clique darauf reagieren, wenn sie sagen würde, dass der Koran eine nicht zu hinterfragende Autorität war und zum absoluten Gehorsam aufforderte? Über die Bibel durfte man doch auch diskutieren?!

Nein, Malika wollte ihren Vortrag lieber mit versöhnlichen Gedanken beenden. Sie schloss mit den Worten: »Der Koran begleitet den gläubigen Muslim durch sein Leben. Für jede Situation findet er hier Verse, die ihn ermuntern oder trösten, wenn er trauert. Der Koran vermittelt ihm Einsichten, die sein Leben fördern und ihn zufrieden machen. Ich möchte mit einem Zitat enden: Gott hat Wohlgefallen an ihnen und sie haben Wohlgefallen an Ihm!«

Es war ganz still in der Klasse. Keiner sagte etwas. Malika sah Hilfe suchend zu Frau Lammers. Die lächelte anerkennend, stand auf und klatschte und die Schüler fielen ein.

»Das hast du gut gemacht, Malika. Es ist bestimmt schwierig, über den Koran zu reden, wenn die Zuhörer keine Vorkenntnisse haben. Aber ich glaube, wir haben alle begriffen, dass es für euch ein heiliges Buch ist.«

Malika nickte.

»Nun könnt ihr Malika noch Fragen stellen, wenn ihr wollt.«

Natürlich war es Lars, der als Erster lässig seine Hand hob.

»Ja?«

»Ich möchte gerne wissen, wo im Koran steht, dass die Mädchen und Frauen diese Kopftücher tragen müssen?« Malika sah, wie sein Tischnachbar Tobias ihn anstieß, aber sie hatte mit dieser Frage gerechnet. Schließlich war das Kopftuch immer wieder Thema.

»Es hat wenig Sinn, wenn du wüsstest, wo es steht. Aber ich kann dir sagen, dass der Koran die Frauen ermahnt, ihren Schmuck zu bedecken. Zum Schmuck einer Frau gehört ihr Haar.« Sie sah zu Babs, die prächtiges blondes Haar hatte, das in Locken auf ihre Schultern fiel. Sie lächelte ihr zu. »Und wir wollen nicht, dass euch unser Schmuck verwirrt oder auf dumme Gedanken bringt!« Ein wenig bissig fügte sie noch hinzu: »Allah geht vielleicht davon aus, dass Männer nicht in der Lage sind, sich zu beherrschen!«

Ein verhaltenes Lachen ging durch die Reihen.

»Außerdem ist es meiner Meinung nach wichtiger, was im Kopf drin ist, als das, was darauf ist.«

Jetzt wurde laut gelacht.

Lars bekam einen roten Kopf.

Es klingt so glaubwürdig, was ich da sage, dachte Malika. Und alles wäre ja auch in Ordnung, wenn man Mädchen und Frauen nicht zwingen würde, sich so zu kleiden. Wie viele Mädchen waren durch jahrelange Gehirnwäsche wirklich der Meinung, dass das Tragen eines Kopftuches ihre freie Entscheidung war?

»Ist es wahr, dass der Mann seine Frau verstoßen kann?« Knut stieß seinen Bleistift so heftig auf seinen Block, dass die Spitze abbrach. Seine Eltern ließen sich gerade scheiden. »Ich meine, braucht der Mann nur dreimal zu sagen: ›Ich verstoße dich‹, und schon ist alles klar?«

Malika nickte. »Ja, das ist wahr! Aber es gibt Bemühungen, dieses einseitige Recht der Männer aufzuheben.«

»Steht das denn so in eurem Koran?«

»Ja«, sagte Malika, »manche Gläubige finden aber, dass Frauen in unserer Zeit mehr Rechte bekommen sollten.«

Durfte sie das sagen? Ob es in Marokko auch Gläubige gab, die solche Ansichten vertraten? Sie wusste es nicht.

Frau Lammers kam nach vorne: »Ich finde, du hast uns einen sehr interessanten Einblick in den Koran gegeben, Malika. Vielen Dank!« Malika setzte sich erleichtert auf ihren Platz. Es gab so viele Fragen, auf die sie keine Antwort gewusst hätte.

»Gut gemacht«, flüsterte Elena.

Malika lächelte. Aber sie wusste auch, dass ihrem Vortrag ein wenig die Begeisterung gefehlt hatte. Zwar waren ihre Mitschüler von dem Faktenwissen beeindruckt, aber ein Funke war bestimmt nicht übergesprungen. Wie auch?, dachte Malika.

Wie kann ich mich für meine Religion begeistern, wenn mich die islamische Tradition und der Koran zwingen, als Fremde im eigenen Land zu leben, wenn ich Tag für Tag erfahren muss, dass meine Mutter keine eigene Meinung äußert, wenn ich mich über einen Mord nicht empören darf? Wenn die Angst mich in ihren Klauen hält, die Angst vor weiteren Verbrechen und die Empörung darüber, dass es einen Mord gibt, den man einen Ehrenmord nennt. Und dass die Reaktionen auf den »Ehrenmord« angeblich die Fremdenfeindlichkeit schüren. Und dass man deswegen auch lieber nicht darüber spricht. Malika hatte sich über andere Fälle im Internet informiert.

Die Zahl hatte Malika aus dem Internet.

Ihr war wieder ganz kalt geworden.

So viele Mädchen oder junge Frauen, die ermordet worden waren, weil sie die Ehre der Familie »beschmutzt« hatten. Sie hatten sie beschmutzt, weil sie nicht den traditionellen Weg ihrer Väter und Mütter gehen wollten, weil sie vielleicht einen deutschen Freund hatten oder sich geweigert hatten, einen von der Familie ausgesuchten und ihnen oft vollkommen unbekannten Mann zu heiraten.

Und dann gab es Deutsche, die die Morde so bagatellisierten, als wären sie nur eine Unsitte. Sie verglichen sie mit anderen Mordfällen, bei denen deutsche Männer ihre Frauen getötet hatten. Als ob das religiös begründete Verbrechen dadurch erträglicher gemacht würde. Mord war doch immer schrecklich, aber waren all die Morde, die im Namen Gottes verübt worden waren, nicht die schlimmsten?

Sie fröstelte.

In der Pause stellte sich Tobias zu ihr und Elena.

»Ich fand deinen Vortrag total cool«, sagte er zu Malika und vergrub seine Hände tief in den Hosentaschen. »Ich hätte das bestimmt nicht gepackt. Ich meine, so vor allen über meine Überzeugung und meinen Glauben zu reden. Das ist schließlich was ganz Persönliches.« Er sah sie an.

Grüne Augen, dachte Malika, er hat grüne Augen mit braunen Pünktchen. Sie zwang sich, seinem Blick nicht auszuweichen. »Ich hole mir noch was aus dem Automaten«, sagte Elena. »Will noch jemand etwas?« Sie bekam keine Antwort und verzog sich mit einem gemurmelten »Na, dann nicht! Hier bin ich wohl überflüssig!«.

Tobias lächelte Malika an. Sie war anders als die anderen Mädchen. Warum war ihm das bisher nicht aufgefallen? Sie gingen schon so lange in eine Klasse, aber heute war es ihm, als sähe er sie zum ersten Mal. In ihrer traditionellen festlichen Kleidung sah sie wunderschön aus. Aber sie wirkte auch eine Spur unsicher und ängstlich – oder irrte er sich? Hatte sie Angst vor ihren Mitschülern? Hoffentlich nicht! Es war schon schlimm genug, dass sie durch das Kopftuch zu einer Außenseiterin wurde. Total cool hatte er ihre Antwort auf Lars' Frage gefunden.

Das mit dem »Nicht-beherrschen-Können« war natürlich total hirnrissig. Dann hätte ja jedes Mädchen selbst Schuld, wenn man es angrapschte, nur weil es klasse aussah. Aber sie hatte ja auch nur den Koran interpretiert. Zu gerne hätte er sie gefragt, ob sie das selbst auch wirklich glaubte. Er war überzeugt, dass Malika viel im Kopf hatte, mehr, als er bis heute gedacht hatte. Na ja, eigentlich hatte er sich bisher überhaupt keine Gedanken über sie gemacht. Sie trug ein Kopftuch, das war ihre Sache. Heute war es anders gewesen. Sie hatte ihn fasziniert, wie sie da stand, über den Koran sprach, über ihren Glauben.

Er konnte sich nicht vorstellen, dass sie tatsächlich der Meinung war, Jungen und Männer seien nicht mehr als wilde Tiere. Nein, ganz bestimmt nicht! Vielleicht hatte sie deswegen immer wieder auf den Koran hingewiesen. Hatte sie überhaupt irgendwann einmal während ihres Referats gesagt, was sie selbst meinte? Tobias wurde nicht recht schlau aus ihr. Aber warum auch immer Malika unsicher oder ängstlich war: Sie konnte auf ihn zählen.

»Na dann«, sagte er und lächelte ihr noch einmal zu. Wie zufällig legte er seine Hand auf ihren Arm, dann drehte er sich plötzlich um und ging weg.

Malika sah ihm nach. Sie bemerkte nicht, dass ein junger Mann sie beobachtete. Seine Hände hielten das Gitter der Absperrung so fest umklammert, dass die Finger ganz weiß wurden.

Malika setzte sich wie in Trance auf eine Bank. Hatte sie das gerade geträumt?

Er hatte sie endlich wahrgenommen. Er war sogar zu ihr gekommen, um mit ihr zu reden. Und zum Schluss hatte er sie sogar noch am Arm berührt – als wolle er ihr zeigen, dass sie ihm sympathisch war.

Seit über einem Jahr war sie nun in ihn verliebt. Früher hatte er zu Lars' Clique gehört, aber in letzter Zeit sonderte er sich mehr und mehr ab. Nein, er war kein Außenseiter, dazu sah er zu gut aus, die Mädchen himmelten ihn an. Und bei den Jungen hatte er sich trotz seiner ruhigen Art schon lange Respekt verschafft.

»Und, was wollte er?« Elena kam mit zwei Colas zu Malika. »Habt ihr euch verabredet? Mensch, der hat dich ja gar nicht aus den Augen gelassen!«

Malika nahm die Cola. »Danke!«

»Nun sag schon! Trefft ihr euch? Der ist echt süß!«

Solche Formulierungen waren Malika fremd. Aber bei Tobias' Anblick schlug ihr Herz tatsächlich schneller. Nie hätte sie zu träumen gewagt, dass er sie irgendwann bemerken würde. Sie, die immer so züchtig verhüllt zur Schule kam und das unbeschwerte Geplänkel ihrer Schulkameradinnen mit Jungen nicht beherrschte. Früher war sie mit Jungen auf Bäume geklettert und hatte mit ihnen Fußball gespielt. Sie war eine von ihnen gewesen: schnell und gewandt und ohne Angst vor einem kaputten Knie oder ein paar Schrammen.

Alles war anders geworden, als ihr Körper sich veränderte. Warum war sie kein Junge? Als Junge hatte man nur

Vorteile. Man war stärker, man durfte rennen und spielen, man konnte sich frei bewegen, man brauchte nicht um seine Ehre zu fürchten. Nicht bei den Muslimen und schon gar nicht bei den Christen.

Tante Tawfika hatte zwar gesagt, dass der Koran auch die jungen Männer aufforderte, keusch zu leben, aber alle Mädchen und Frauen wussten, dass es nur für sie ein absolutes Muss war. Ein junger Mann, der schwach wurde, konnte sich immer darauf berufen, von der Frau oder dem Mädchen verführt worden zu sein. Dies galt sogar bei einer Vergewaltigung. In jedem Fall verliert nur die Frau ihre Ehre. Wer wollte noch ein Mädchen heiraten, das von jemand anderem besessen worden war? Die Familie des Mädchens konnte froh sein, wenn der Vergewaltiger sie heiratete und ihre Ehre zumindest teilweise wiederherstellte. Auch wenn sie nur seine zweite oder dritte Frau wurde. Was das Mädchen dachte oder fühlte, war unwichtig.

»Habt ihr euch nun verabredet oder nicht?« Unwillig wiederholte Elena ihre Frage. »Spann mich doch nicht so auf die Folter!«

Malika schaute zu Tobias hinüber. Er stand in einer Gruppe von Jungen und unterhielt sich.

»Wie sollten wir uns verabreden?« Malika wandte ihren Blick wieder der Freundin zu. »Du weißt doch, dass meine Eltern es nie erlauben würden, wenn ich mich mit einem Jungen alleine treffe! Und dann auch noch mit einem Nichtmuslim.«

Elena sah sie an, als käme Malika von einem anderen Stern. »Erzählst du deinen Eltern denn alles? Das würde mir nicht im Traum einfallen! Die sind doch total mit ihrem eigenen Leben beschäftigt!«

»Bei uns ist das eben anders«, erwiderte Malika zögernd. Es fiel ihr schwer, darüber zu reden. »Ich darf mich höchstens mit einer Freundin treffen. Und dann auch nur, wenn es einen wichtigen Grund gibt. Meine Eltern haben es lieber, wenn die Freundin zu mir kommt.«

Elena überlegte. »Gemeinsame Schularbeiten sind doch ein wichtiger Grund, oder? Du könntest mir in Mathe helfen. Und das müssen wir bei mir machen, weil ich auf meinen kleinen Bruder aufpassen muss.«

Malika begriff nicht. Ihre Freundin hatte keinen kleinen Bruder.

Elena lachte. »Mensch, ich gebe dir ein Alibi! Also, wenn Tobias dich sehen will und ihr für euch sein wollt, auf mich kannst du zählen.«

Malika errötete. »Ich würde lügen!«

Elena verdrehte die Augen.

»In der Bibel steht auch, dass wir nicht lügen dürfen. Aber wer behauptet, noch nie gelogen zu haben, der lügt! Es gibt doch auch so viele Arten von Lügen. Ich finde, diese fällt unter die Kategorie ›Notlüge‹!«

»Notlüge?«

»Klar! Manchmal kann man doch gar nicht anders! Stell dir vor, deine Eltern fragen dich, ob du jedes Wort aus dem Koran glaubst. Was sagst du dann? Bestimmt Ja. Allein schon deswegen, weil du sonst Schwierigkeiten bekommst. Aber glaubst du wirklich jedes Wort? Glaubst du, dass eurem Mohammed ein Engel erschienen ist?«

»Ja«, sagte Malika schnell, »natürlich glaube ich das! Ich darf doch nicht an unserem heiligen Buch zweifeln!«

»Schon gut! Du darfst nicht zweifeln. Aber zweifelst du auch nicht?«

Malika fühlte Panik in sich aufsteigen. Wie kam es, dass Elena sie auf einmal so ins Kreuzverhör nahm? Hatte sie Malikas Zweifel während des Referats gespürt? Wenn eine Nichtgläubige ihr schon die Unsicherheiten anmerkte, wann würden ihrem Vater die Augen aufgehen? Eines jedoch würde er sie nie fragen: ob sie jedes Wort im Koran glaube. Dass sie das tat, war für ihn selbstverständlich.

Malika war heilfroh, als die Pausenglocke läutete. Sie ersparte ihr weitere Antworten.

Kapitel 5

Auf dem Weg nach Hause dachte sie über Lügen nach. Natürlich hatte sie schon oft gelogen. Als sie sagte, sie habe keinen Appetit und wolle im Koran lesen, hatte sie gelogen. Und als sie behauptet hatte, dass das heilige Wort ihr Trost spendete, hatte sie ebenfalls gelogen. Mit der Angst waren auch die Lügen gekommen.

Vor ihrem Haus stand das Auto von Yassin Benasker. Jeder in ihrer Gemeinde kannte den weißen Mercedes des islamischen Heilers. Der Chauffeur saß im Wagen und las im Koran. Seine Lippen bewegten sich beim Lesen.

Malika sah, dass das Geschäft ihrer Eltern geschlossen war. In ihr stieg die Angst hoch. Wofür brauchten sie einen Heiler? Wer war krank? Hatte ihr Vater nicht vor Kurzem noch gesagt, dass sie viel Glück mit ihrem Hausarzt Paul Deich hatten? Er war ein Arzt vom alten Schlag mit halblangem grauem Haar und gütigen blauen Augen, der bei Frauensachen für Malika und ihre Mutter eine weibliche Kollegin einschaltete.

Malikas Mutter öffnete ihr die Tür, noch bevor sie geklingelt hatte, legte gleich den Finger auf den Mund und zog sie in die Küche. Aus dem Wohnzimmer drang der rhythmische Singsang des Gebetes der Männer zu ihr.

»Was ist geschehen?« Sie flüsterte.

Mutter zog hilflos die Schultern hoch. »Wir wissen es nicht. Abdul kam aus der Stadt zurück. Er schien nicht er selbst zu sein. Er rief wirres Zeug, und als er in den Spiegel sah, erschrak er, als sähe er jemand anderes. Schließlich hämmerte er gegen die Wand, bis er plötzlich bewusstlos wurde.«

Sie wischte mit dem Ärmel der Bluse über ihr verweintes Gesicht.

»Ich habe sofort Vater unten im Laden angerufen. Er kam mit Achmed nach oben. Sie riefen Doktor Deich an. Er kam auch sehr schnell. Aber alles schien in Ordnung.«

Sie schwieg, lauschte auf die Stimmen der Männer. »Er sagte, er könne nichts feststellen. Medizinisch gesehen sei alles in Ordnung.« Wieder schwieg sie, holte tief Atem.

»Doktor Deich ist ein guter Mann, ein erfahrener Mann. Er riet uns, einen islamischen Heiler zu rufen. Er glaubt, Abduls Seele sei krank und da könnte ein muslimischer Heiler vielleicht besser helfen. Das sagte er.«

Sie seufzte tief. »Vater meint auch, dass Abduls Geist verwirrt ist. Er hat dann den ehrwürdigen Yassin Benasker angerufen.«

Abduls Geist verwirrt? Malika konnte es nicht glauben. Ihr großer, lieber Bruder, was konnte er erlebt haben, dass er nicht mehr er selbst war? War ein böser Dschinn in ihn gefahren? Ein Dschinn konnte krank machen, das wusste sie. Dschinns waren unsichtbare Wesen, die die Gestalt von Menschen oder Tieren annehmen konnten. War ein solcher

Dämon tatsächlich in Abdul gefahren, hatte sich deshalb sein Geist verwirrt? Dschinns liebten ängstliche Menschen. Aber Abdul war doch nicht ängstlich? Oder hatte er etwas gesehen, das eine solche Angst in ihm auslöste?

Malika zweifelte nicht an dem Bestehen von Dschinns. Nur ein erfahrener Heiler konnte da helfen.

Die Wohnzimmertür öffnete sich. Das war für die Frauen das Zeichen, den Tee zu bringen.

Die Hände ihrer Mutter zitterten so sehr, dass Malika ihr das Tablett mit den Teegläsern und der Schale mit den kandierten Früchten abnahm und damit ins Wohnzimmer ging.

Der ehrwürdige Yassin Benasker sah das junge, festlich gekleidete Mädchen eintreten. Die Sonnenstrahlen, die durch das Fenster hereinfielen, umgaben ihren Kopf mit einem Lichterkranz. Yassin Benasker hob seinen Arm hoch und bedeckte die Augen. Er machte eine abwehrende Bewegung.

Der Vater gebot Malika, das Tablett abzusetzen und das Zimmer sofort wieder zu verlassen.

Was habe ich getan?, dachte Malika erschrocken. Die Angst nahm ihr fast den Atem. Dann hörte sie Abduls Stimme. »Ich habe Schlimmes gesehen!«

Der Heiler fragte: »Ist es ein Dschinn in Gestalt deiner Schwester?«

Abdul sah den Besucher fast ungläubig an. Wie hatte er das erraten können? Würde er das Andere, das Unsagbare und Beunruhigende auch sehen? Aber Yassin Benasker schloss nur seine Augen und beugte sich mehrere Male im Gebet Richtung Mekka. Er murmelte einige nicht zu verstehende Koranverse und die Männer schwiegen.

Nach einer Weile öffnete der Heiler die Augen. »Ich sah es, als sie das Zimmer betrat. Hüte dich vor ihr und meide jeden engen Kontakt.« Zu Malikas Vater sagte er: »Das Mädchen ist eine Gefahr für jeden gläubigen Moslem, für jeden Mann. Allah hat sie reichlich mit äußerlicher Schönheit bedacht.«

»Aber was tut sie?«, fragte Malikas Vater. »Sie ist eine gehorsame und gläubige Muslimin!« Er konnte nicht glauben, dass ein Dschinn sich der Gestalt seiner Tochter bemächtigt hatte. Aber es war der ehrwürdige Yassin Benasker, der dies sagte, und an Abduls Gesicht konnte er ablesen, dass der Dschinn, der in ihn gefahren war, etwas mit seiner Schwester zu tun hatte.

»Ich werde sie anhalten, noch mehr im Koran zu lesen. Erst heute hat sie einen Vortrag über das heilige Buch gehalten. Ich habe sie ermahnt, in Demut und Bescheidenheit über Allahs Werk zu reden.« Und um ihren geringen Einfluss in dieser Sache deutlich zu machen, fügte er noch hinzu: »Sie ist doch nur ein Mädchen!«

»Schon Eva brachte die Sünde über Adam«, sagte der Heiler, »die Christen glauben dies auch.«

Abdul schloss die Augen. Er wollte nicht, dass Yassin Benasker auch Inez in ihnen sah. Er hatte sie auf dem Nachhauseweg mit einem Mann gesehen. Der Mann hatte seinen Arm um ihre Schulter gelegt und sie hatten wie die Kinder zusammen gelacht.

Völlig kopflos war er in der Stadt herumgeirrt und an Malikas Schule vorbeigekommen. Da hatte er seine Schwester gesehen. Ein Junge stand ganz dicht bei ihr und berührte sie. Danach wusste er kaum noch, wie er nach Hause gekommen war. Es war zu viel für ihn gewesen. Seine geliebte Inez in inniger Umarmung mit einem Fremden und seine Schwester, die einen Jungen auf eine Weise ansah, wie eine sittsame Frau keinen Mann ansehen durfte. Und seine Hand auf ihrem Arm.

Aber er, Abdul, war wohl der Letzte, der seiner Schwester Vorhaltungen machen konnte. Er hatte die Ermahnungen des Korans in den Wind geschlagen, als er sich mit Inez einließ. Warum hatte sie zugelassen, dass ein anderer Mann sie berührte? Er hatte geglaubt, sie sei anders als die anderen Mädchen. Und warum war er danach zu Malikas Schule gegangen? Es war, als hätte eine unbekannte Macht ihn geführt. War es ein Dschinn, wie der ehrwürdige Yassin Benasker sagte? Sollte er sehen, dass seine Schwester vom Pfad der Tugend abwich? Im Westen war es aber nicht verwerflich, wenn ein Junge ein Mädchen am Arm berührte. Da war nur dieser Blick seiner Schwester gewesen …

Sie ist hier aufgewachsen, dachte er, sie ist wie Inez gewöhnt, mit Jungen umzugehen. Sein Kopf wurde wieder klarer. Dankend nahm er den Tee und schlürfte ihn langsam. Der Heiler hatte von ihm unbemerkt das Zimmer verlassen.

»Allah sei gepriesen«, sagte sein Vater. Er rief die Frauen und zusammen beteten sie.

Als Malikas Vater sie später nach ihrem Vortrag in der Schule fragte, erzählte sie mit leiser Stimme und gesenktem Blick, dass die Ungläubigen ihr aufmerksam zugehört hatten und dass sie hoffte, sie habe das heilige Wort verständlich gemacht und alle Fragen im Sinne des Korans beantwortet. Ihrem Vater gefiel ihre Demut, aber er sah auch das erste Mal bewusst, wie schön sie war. Der ehrwürdige Yassin Benasker hatte gesagt, dass sie eine Gefahr für jeden gläubigen Moslem sei.

Darüber musste er nachdenken.

Elena steckte Malika in der Pause einen gefalteten Zettel zu. »Du kannst auf mich zählen«, sagte sie verschwörerisch.

Malika fühlte, wie sie rot wurde. Sie nahm das Briefchen mit auf die Toilette und schloss hinter sich ab. Ihr Herz pochte bis zum Hals, und sie spürte, wie der Druck in ihrer Brust zunahm. Einen Moment lang dachte sie an einen Dschinn und sah sich unwillkürlich um. Aber da war nichts. Mit zitternden Händen faltete sie den Zettel auseinander.

»Ich würde mich gerne mal mit dir treffen«, hatte Tobias geschrieben. »Hast du Lust auf Kino? Oder ist das für euch verboten?« Sein T unter den Zeilen glich dem Dach einer chinesischen Pagode.

Nein, Kino war für Muslime nicht verboten, solange keine unzüchtigen Handlungen gezeigt wurden. Allerdings gab es nur sehr wenige westliche Filme, die ohne Sex auskamen. Aber darum ging es ja noch nicht einmal. Ihr Vater würde so oder so nie erlauben, dass sie mit einem Jungen alleine ins Kino ging. Elena hatte gesagt, Malika könnte auf sie zählen. War jetzt die Zeit für eine Notlüge gekommen? Wie wichtig war es für sie, mit Tobias alleine zu sein? Malika holte tief Luft, um den Druck auf ihrer Brust zu mindern. Es ist mir sehr wichtig, dachte sie. Wichtiger, als eine gute und folgsame Tochter zu sein. Endlich hatte Tobias sie bemerkt und nun bat er sie sogar um ein Treffen. Sie würde ein Date haben, wie all die anderen Mädchen. Sie würde nichts Unrechtes tun, nur ein Mal so sein wie andere Mädchen in ihrem Alter.

Auf jeden Fall durfte es kein anzüglicher Film sein. Und sie musste alles gut vorbereiten. Mit zierlichen Buchstaben schrieb sie auf die Rückseite des Zettels: »Ich habe Lust auf Kino, wenn es ein guter Film ist. Und natürlich nur nachmittags. Abends darf ich nicht.«

Wahrscheinlich fand Tobias das total bescheuert. Aber es würde schon schwierig genug sein, nachmittags offiziell zu Elena zu gehen. Abends würden Abdul oder Achmed sie begleiten und auf sie warten. Wenn Tobias etwas von ihrem Glauben begriffen hatte und ihm das Treffen wichtig war, würde er es vielleicht verstehen.

Allah, hilf, dachte Malika und drückte Elena im Flur verstohlen das zusammengefaltete Briefchen in die Hand. »Gibst du es ihm?«, flüsterte sie.

»Klar doch«, lachte ihre Freundin, »endlich kommt mal etwas Spannung in die Bude. Ich bin gerne ein Bote der Liebe!«

»Quatsch!« Malika wurde wieder rot. »Wir wollen nur mal zusammen ins Kino oder so …«

Sie stockte. Was tat sie da nur? Wohin sollte so ein Date führen? Das gab doch nur Probleme!

»Gib mir den Zettel lieber wieder zurück«, bat sie.

Elena schüttelte den Kopf. »Ich habe doch nur Spaß gemacht! Nein sagen kannst du immer noch! Natürlich hat das nichts mit Liebe zu tun! Einfach mal ausgehen, da ist doch nichts dabei!« Und weg war sie, zusammen mit dem Brief.

Tobias reagierte erst einmal überhaupt nicht auf ihre Antwort. Hin und wieder fühlte sie seinen Blick, aber sie vermied es, ihn anzusehen. Zu sehr befürchtete sie, dass ihre Augen mehr verraten würden, als ihr lieb war. Eigentlich ist es doch gar nicht so schlecht, dachte Malika, dass wir einem Mann nicht in die Augen sehen sollen. Blicke können nicht lügen. Man kann seinen Mund zu einem Lächeln verziehen, auch wenn die Augen kühl und unberührt bleiben. Umgekehrt war es möglich, »Nein« oder »Vielleicht« zu sagen, und die Augen verrieten das Gegenteil.

Und was wollte sie? Sie wollte für ein paar Stunden ein ganz normales Mädchen sein. Einmal in ihrem Leben wollte sie mit einem Jungen ins Kino gehen, Popcorn essen und Cola trinken. Und wissen, dass er ganz dicht bei ihr saß. Vielleicht würde er wieder seine Hand auf ihren Arm legen. Beim Gedanken daran fühlte sie wieder Schmetterlinge in ihrem Bauch – wie die Schmetterlinge, die im Frühling in Marokko um die Oleanderblüten herumflatterten.

Abdul hatte schlecht geschlafen. Immer wieder sah er Inez vor sich, wie sie den Mann angelacht hatte. Da war so eine Vertrautheit zwischen den beiden, dass es ihn wie ein glühendes Schwert durchbohrte.

»Du siehst krank aus«, sagte sein Vater beim Frühstück.

»Ich möchte in die Moschee gehen«, sagte Abdul. »Ich benötige Mohammeds Rat.«

Sein Vater nickte zustimmend. »Achmed kommt mit mir in den Laden. Es ist wichtig, dass der Dschinn keine Macht mehr über dich bekommt.«

In der Moschee grüßte Abdul erst die Älteren, die vor dem Gotteshaus standen, dann zog er seine Schuhe aus und ging in die heilige Halle. Er kniete sich hin und beugte sich vor, bis sein Kopf den Boden berührte. Er betete verschiedene Suren, die ihm Kraft geben sollten, und plötzlich spürte er Gottes Nähe. Ein Gedanke kam ihm: Rede mit Inez, du hast nur eine Momentaufnahme gesehen. Er verharrte noch einen Augenblick in der Gebetshaltung. Mit einem Lächeln stand er dann auf und dankte Allah für seine Gnade, ihm den richtigen Weg gezeigt zu haben. Bestärkt und froh verließ er die Moschee.

Inez öffnete fast sofort die Tür. Abdul erwartete, den Mann bei ihr zu sehen, aber sie war allein. Sie wollte ihn küssen, doch er wandte seinen Kopf zur Seite. Ihre Lippen streiften seine Wange.

»Ich muss mit dir sprechen«, sagte er.

Inez trat zur Seite. »Dann komm herein. Oder willst du zwischen Tür und Angel mit mir reden?«

Abdul wurde rot. Er wünschte sich so sehr, sie in die Arme zu nehmen, aber erst musste er wissen, ob ihn gestern nur ein böser Dschinn in Inez' Gestalt zum Narren gehalten hatte – so sehr, dass sich sein Geist verwirrte und er auch noch seiner Schwester misstraute.

»Ich habe dich gestern gesehen«, sagte er.

»Ja?«

»Du warst nicht allein!« Abdul schluckte. Dann sprach er mit fester Stimme weiter. »Ein Mann war bei dir. Ihr wart sehr vertraut miteinander, er hat dich umarmt und du hast gelacht.«

Nun war es heraus. Wenn sie ihn jetzt verständnislos anguckte, dann war es tatsächlich ein böser Dschinn gewesen, der ihn genarrt hatte.

Aber Inez erwiderte: »Warum bist du denn nicht zu uns gekommen?«

Abdul konnte nicht glauben, was er da hörte. Inez bestätigte, ohne mit der Wimper zu zucken, seine schlimmsten Befürchtungen!

Inez merkte, dass Abdul hier etwas gründlich missverstanden hatte.

»Abdul, du Idiot, das war Carlos, mein Bruder! Er war auf der Durchreise und hat mich mit einem Besuch überrascht. Ich hätte dich ihm gerne vorgestellt. Wir haben viel über dich geredet.«

Abdul atmete tief durch. Inez' Bruder! Natürlich wusste er, dass sie einen Bruder hatte. Aber nie hätte er gedacht, dass sie so vertraut mit ihm umgehen würde. Auch er liebte seine Schwester, aber solche Zärtlichkeiten, wie Inez sie mit ihrem Bruder austauschte, waren in seiner Familie nicht üblich.

»Warum bist du nicht zu uns gekommen?«, wiederholte Inez ihre Frage. Abdul wich ihrem Blick aus.

»Warum vertraust du mir nicht?«, fragte sie.

Abdul zögerte: »Ich dachte, ein böser Dschinn hält mich zum Narren, ich konnte einfach nicht glauben, was ich sah.«

»Ein Dschinn?«

Als Abdul erzählt hatte, was es mit diesen Dämonen auf sich hatte, schüttelte Inez verwundert den Kopf.

»Das ist ja fast wie bei uns. Manche Christen glauben auch immer noch, dass der Teufel in einen fahren könnte. Es gibt immer noch Teufelsaustreiber.«

»Wirklich?«

Inez lachte leise. »Die Angst vor dem Bösen sitzt in vielen Menschen, und wenn sie sich etwas nicht erklären können, schreiben sie das einer geheimnisvollen Macht zu. Anstatt sich der Angst zu stellen, über sie zu reden.«

Abdul wirkte nur zum Teil beruhigt.

»Was war noch?«, fragte seine Freundin.

»Ich bin herumgeirrt und an Malikas Schule vorbeigegangen. Da habe ich sie mit einem Jungen gesehen. Er hat sie angefasst.« Abdul stockte einen Moment, um dann leiser fortzufahren. »Das hat mir anscheinend den Rest gegeben. Ich war wie von Sinnen.«

Sie schwiegen beide.

Es war Inez, die Abduls Reaktion deutete.

»Auch da schlug wieder die Angst zu, Abdul. Du hast

ganz einfach Angst, dass deine Schwester etwas tut, was sie deiner Meinung nach nicht tun darf.«

»Sie ist eine Muslimin«, erwiderte er. »Das ist nicht nur meine Meinung – ein sittsames Mädchen muss auf ihren Ruf achten.«

»Sie ist vor allem ein junges Mädchen, das hier aufgewachsen ist und durch euren Glauben so isoliert wird, dass sie nichts tun darf, was für andere Mädchen selbstverständlich ist.«

»Sie ist noch so jung, erst fünfzehn!«

»Mit fünfzehn hatte ich schon meinen zweiten Freund«, sagte Inez, und als sie Abduls erschreckten Blick sah, schüttelte sie wieder lachend den Kopf.

»Keine Angst, das war ganz harmlos, aber auch nur, weil es nicht die große Liebe war. Und weil auch ich immer zu Hause gehört habe, ein gutes Mädchen bewahrt sich für den einen, Wahren auf.«

Abdul umarmte sie und vergrub sein Gesicht in ihrer Halsbeuge.

»Ich bin so froh, dass du auf mich gewartet hast«, murmelte er mit erstickter Stimme.

Sie strich ihm über sein dunkles Haar. Sie hatte gestern mit Carlos über Abdul geredet. Später, als ihr Gespräch wieder ernst geworden war.

»Schläfst du mit ihm?«, hatte er sie gefragt.

»Ja«, hatte sie gesagt und gleich noch hinzugefügt: »So, wie du mit Dolores und Assunta geschlafen hast.«

Dolores und Assunta waren die verflossenen Freundinnen ihres Bruders.

»Hey, Schwesterherz, ich bin nicht dein Moralhüter«, hatte Carlos erwidert. »Ich möchte nur nicht, dass er dir wehtut.«

»Hast du nicht auch andere Frauen vor mir gehabt?«, fragte Inez und sah Abdul forschend an.

»Aber das zählt doch nicht«, sagte er und wich ihrem Blick aus. »Das waren nur Bettgeschichten, mit Liebe hatte das nichts zu tun.« Und nach einem Augenblick des Schweigens fügte er noch hinzu: »Ich habe es auch bereut!«

Diese Doppelmoral ärgerte sie. Für einen Mann reichte es aus zu bereuen, doch wie war das für ein muslimisches Mädchen? Sie verlor ihre Ehre! Aber Inez verkniff sich einen Kommentar. Abdul war nicht in der Verfassung, sachlich mit ihr über Gleichberechtigung zu reden. Und für sie selbst galt ja auch, dass sie niemals Sex mit einem Mann hätte haben können, den sie nicht liebte. Den sie nicht auch als den Vater ihrer Kinder sehen könnte.

Der Gedanke machte sie traurig. Welche Zukunft hatte ihre Liebe? Dachte Abdul jemals darüber nach?

Es dauerte drei Tage, bis Tobias Malika wieder ein Briefchen zusteckte. In der Zwischenzeit war sie einmal nach der Schule bei Elena gewesen. Ihre Eltern hatten nichts dagegen gehabt, als sie sagte, sie wollte mit Elena zusammen Hausaufgaben machen.

»In Mathe hat Elena Schwierigkeiten, ich will ihr ein bisschen helfen. Und außerdem soll sie auf ihren jüngeren Bruder aufpassen.«

Das war eine Lüge. Aber Malika wollte testen, wie ihre Eltern darauf reagierten, wenn sie zu Elena ging.

Ihr Vater fand es gut. Er zitierte die siebenundzwanzigste Sure, die denjenigen etwas Besseres versprach, die eine gute Tat begingen.

Malika wurde nicht einmal rot, denn es war ja die Wahrheit.

»Ja«, erwiderte sie, »unsere Lehrerin meint auch, eine gute Tat ist wie ein Stein, den man ins Wasser wirft und der immer weitere Kreise zieht.«

Das hatte Frau Lammers tatsächlich einmal gesagt.

Ihr Vater nickte zustimmend. »In jeder Religion gibt es Menschen, die kluge Dinge sagen. Aber vergiss nie, dass es nur Gott obliegt, den richtigen Weg zu weisen.«

Malika wusste, dass dieser letzte Satz aus der sechzehnten Sure stammte. Ihr Vater war wie ein wandelnder Koran. Es gab fast keine Situation, die er nicht mit Worten aus dem heiligen Buch kommentieren konnte. Und irgendwie beneidete sie ihn. Er war so gläubig, es gab für ihn keine Zweifel. Ob er auch schon als junger Mann so fest im Glauben gewesen war?

Später fragte sie ihre Mutter danach.

Die sah sie erschreckt an.

»Was ist das für eine Frage, Malika?! Natürlich war dein Vater immer fest im Glauben, genau wie ich. Der Koran macht es uns leicht. Wenn wir ein Problem haben, dann lesen wir im heiligen Buch oder wir beten. Gott wird uns erleuchten und uns sagen, was wir tun müssen.«

Aber diesmal gab Malika nicht so schnell auf.

»Wenn Vater nicht ein so guter Mann gewesen wäre, sondern ein Mann, der dich schlägt, hättest du dann auch nie an unserem Glauben gezweifelt?«

»Kind, natürlich nicht! Ich habe immer gebetet, und ich habe Allah vertraut, dass meine Eltern mich mit einem gläubigen, ehrsamen und friedlichen Mann verheiraten werden, und das haben sie getan.« Beunruhigt sah sie ihre Tochter an. »Du zweifelst doch nicht, Malika? Nicht an dem heiligen Buch?«

Doch sie zweifelte. Sie wollte wie die anderen Mädchen sein, wollte nichts Unrechtes tun, aber sie wusste ja gar nicht mehr, was recht und unrecht war. Zwischen dem Koran und dem Leben in der Schule herrschte so ein himmelweiter Unterschied, dass ihr schwindelig wurde. Während sie dies dachte, hielt sie den Blick gesenkt, denn sie befürchtete, ihre Mutter könnte etwas von ihren Zweifeln in ihren Augen lesen.

»Nein«, log sie, »ich zweifle nicht. Ich wollte es nur wissen.«

Auch ihre Mutter kannte den Koran, und sie beendete das Gespräch mit einem Satz aus der vierten Sure: »Was dich an Gutem trifft, ist von Gott, was dich an Schlechtem trifft, ist von dir selbst.«

Und weil sie nicht ganz sicher war, ob ihre Tochter nicht doch von Zweifeln geplagt wurde, forderte sie sie auf zu beten.

»Glaube mir, mein Kind, Gott ist in allem. Kämpfe auf dem Weg Gottes!«

»Ja«, sagte Malika, »natürlich, ich werde beten. Ich weiß, ich bin für mich selbst verantwortlich.«

Nach diesem Gespräch war Malika traurig. Sie wusste, dass sie mit ihrer Antwort ihre Mutter beruhigt hatte. Aber warum konnte sie nicht mit ihr reden, ohne in jedem zweiten Satz das heilige Buch zu nennen? Ob Elena mit ihrer Mutter reden konnte? Ob sie mit ihr über Zweifel und Ängste sprach? Wie war das bei den Ungläubigen?

Wie versprochen betete sie in ihrem Zimmer, aber die Worte kamen ihr wie hohle Phrasen vor. Dann machte sie sich auf den Weg zu Elena.

Unterwegs begegneten ihr drei Jungen. Am liebsten hätte sie die Straßenseite gewechselt, denn instinktiv spürte sie, dass es Ärger geben würde.

Und so war es auch. Sie versperrten ihr den Weg.

»Na, du Hübsche, was gibst du uns, wenn wir dich durchlassen?«

Malika wollte sich an ihnen vorbeidrücken, aber sie ließen sie nicht durch.

»Sie will nicht bei uns bleiben«, sagte einer. »Wie sie wohl ohne den blöden Lappen auf ihrem Kopf aussieht?«

Malika hatte Angst, aber sie fühlte auch, wie die Wut in ihr aufstieg. Sie sah den Sprecher mit blitzenden Augen an.

»Auf jeden Fall besser als du mit deiner idiotischen Baseballkappe!«

Für einen Moment war der Junge verdutzt, dann grinste er.

»Die ist nicht auf den Mund gefallen! Und Temperament hat sie auch!«

Die anderen lachten.

»Ich schlag dir einen Deal vor«, sagte der mit der Baseballkappe. »Ich nehme meine Kappe ab und du dein Kopftuch!« Er zwinkerte seinen Kumpels verschwörerisch zu.

Malika atmete tief durch. Auch wenn sie selbst gegen das Kopftuch war – von diesen drei Machos ließ sie sich nicht in die Enge treiben. Allah, hilf, schoss es ihr durch den Kopf. Hatte das heilige Buch für diesen Fall einen guten Rat parat? Sie wusste es nicht, wusste nur, dass sie von diesen Typen wegwollte. Und im gleichen Augenblick kam ihr ein Bild vor Augen, als die blonde Babs einmal auf dem Schulhof einen unverschämten Jungen mit einem hochgezogenen Knie außer Gefecht gesetzt hatte. Und bevor sie noch weiter darüber nachdenken konnte, rammte sie ihr Knie mit aller Kraft zwischen die Beine des Jungen, der vor ihr stand. Aufheulend fiel er zu Boden, und Malika lief, lief so schnell sie konnte – um die nächste Ecke, noch ein paar Häuser weiter, und dann hatte sie das Haus von Elena erreicht. Völlig außer Atem drückte sie auf die Klingel und sah sich dabei ängstlich um. Jeden Moment erwartete sie, dass die drei wieder auftauchen würden.

»Mein Gott, wie siehst du denn aus?«, rief Elena, als sie die Tür öffnete.

Malika trat schnell ein, zog die Tür hinter sich zu und lehnte sich dagegen. Sie schloss die Augen und versuchte, wieder ruhiger zu atmen. Ihr Herz klopfte bis zum Hals. Was hatte sie nur getan? Sie hatte sich mit Gewalt aus ihrer

Notsituation befreit. Das war für eine Frau wahrscheinlich nicht im Sinne des Korans. Oder doch?

»Malika, was ist passiert?«

Elena sah sie besorgt an.

»Bist du allein?«

»Klar doch, nur mein Neffe sitzt vor seinem Computer und killt gerade ein paar Außerirdische!«

Der Neffe war noch nicht in einem Alter, dass Malika ihr Kopftuch tragen musste. Also knotete sie es ab und schüttelte ihre Haare. Welch eine Wohltat! Bei ihrer Flucht war ihr warm geworden. Sie fuhr sich ein paarmal mit den Händen durch die Locken und sah dann ihre Freundin an.

»Ein paar Typen haben sich mir in den Weg gestellt. Ich sollte mein Kopftuch abnehmen.«

»Und?«

»Du glaubst doch nicht wirklich, dass ich das tue?«

»Nee, eigentlich nicht! Ich habe ja in der Zwischenzeit kapiert, wie wichtig es für euch ist, die Haare zu verhüllen.«

»Wichtig!« Malika schnaubte unwillig. »Wenn ich es nicht täte, wäre ich ein schamloses Mädchen.«

»Und wie bist du die Typen losgeworden?« Elena ging vor Malika her in ihr Zimmer.

Malika wurde rot.

»Ich habe mich daran erinnert, was Babs damals mit Knut gemacht hat.«

»Au!« Elena schlug die Hand vor den Mund. »Das hast du wirklich getan?«

Malika nickte. »Ich wusste mir keinen anderen Rat. Sie hätten mich bestimmt nicht in Ruhe gelassen, und ich hatte echt keinen Bock darauf, mich vor ihnen zu entblößen.«

»Sie wollten doch nur deine Haare sehen!«

»Klar«, meinte Malika, »aber in dem Moment war es mehr. Es geht sie nichts an, dass ich meine Haare bedecken muss. Sie konnten ja nicht wissen, dass ich auch keinen Wert darauf lege, ein Kopftuch zu tragen.«

Bevor sie recht wusste, was sie sagte, war es heraus.

Elena sah sie groß an.

»Also würdest du eigentlich auch lieber ohne Kopftuch herumlaufen?« Sie hatte es immer geahnt, aber ihre Freundin hatte noch nie so deutlich gesagt, wie sie wirklich darüber dachte.

»Ja!« Malika nahm eines der Gläser mit Cola, die ihre Freundin zusammen mit ein paar Chips auf den Tisch neben ihren Computer gestellt hatte, und trank einen Schluck. »Ja, ich möchte so sein wie ihr. Ich möchte meine Haare nicht unter einem Tuch verstecken müssen. Aber ich kann nicht anders. Ich mag mir gar nicht ausmalen, was passieren würde, wenn ich mich weigern würde.«

Sie atmete tief durch. Endlich hatte sie sich getraut, ehrlich zu sein.

»Würde dein Vater dich schlagen?«

Malika zog die Schultern hoch. »Schlagen, mich einsperren, mich nach Marokko schicken, keine Ahnung. Die strenggläubigen Moslems sind nun einmal davon überzeugt, dass der Koran den Frauen vorschreibt, ihre Haare zu verbergen.«

Elena hatte sich auf ihr Bett fallen lassen.

»Wieso sind manche Moslems davon überzeugt und andere nicht?«

»Es ist so kompliziert.« Malika seufzte. »Den Koran kann man auf so viele verschiedene Weisen auslegen. Zum Beispiel steht da: ›Sprich zu den gläubigen Frauen, sie sollen ihre Blicke senken, ihre Scham bewahren, ihren Schmuck nicht offen zeigen.‹

»Das weißt du aus dem Kopf?«

»Na ja, du kannst dir ja vielleicht vorstellen, warum ich gerade diese Textstelle auswendig weiß. Aber die Frage lautet: Ist mein Haar Schmuck? Und warum bei mir und bei vielen moderneren Musliminnen nicht?«

Elena sah ihre Freundin nachdenklich an. Sie sagte lieber nicht, dass ja auch nicht viele Mädchen so tolle Locken hatten wie Malika. Darum ging es schließlich nicht. Es ging darum, dass manche Moslems den Koran so auslegten und andere so. Und dass Malika streng bestraft werden würde, wenn sie sich nicht an die Auslegung ihrer Familie hielt.

»Ich finde, jede Frau sollte es so halten, wie sie es selbst will!«, sagte sie. »Wir haben doch in Deutschland so etwas wie Gleichberechtigung!«

»Ja, in Deutschland vielleicht, aber die gilt nicht für uns marokkanische Mädchen. Wir müssen das tun, was uns gesagt wird.«

Malikas Stimme klang bitter. Was ist nur in mich gefahren?, dachte sie. Sie hatte doch immer versucht, so zu wirken, als sei sie nicht viel anders als ihre deutschen Altersgenossinnen. Aber irgendwie war der Vorfall mit den drei Jungen der letzte Tropfen gewesen, der das Fass zum Überlaufen gebracht hatte. Niemand würde sie belästigen, wenn sie wie die deutschen Mädchen aussah. Zumindest würde sie nicht wegen ihres Kopftuches gehänselt!

»Und dein Vortrag über den Koran klang so überzeugend«, sagte Elena.

»Es ist ein heiliges Buch«, meinte Malika, »aber wie man es auslegt, ist eben doch Menschensache. Oder besser gesagt Männersache.«

Sie schwiegen eine Weile. Elena war heilfroh, dass sie nicht in eine konservative islamische Familie hineingeboren war. Sie konnte sich einfach nicht vorstellen, so eingesperrt zu werden. Dabei war es immer so gemütlich bei Malika gewesen. Eine intakte Familie, hatte sie gedacht. Aber bei näherem Hinsehen war es wohl doch anders.

Um Malika abzulenken, holte Elena ihr Mathebuch aus dem Rucksack.

»Komm, hilf mir mal bei den Hausaufgaben. Dann hast du zumindest die Wahrheit gesagt. Ich meine, dass du zu mir gekommen bist, um mir Mathe zu erklären.«

In der folgenden Stunde konzentrierten sich die beiden auf Formeln und Zahlen. Für Malika war das alles sehr einfach: Die Aufgaben ließen keinen Raum für Interpretationen, es gab kein Wenn und Aber. Mathe war keine Auslegungssache.

Wenn das heilige Buch doch auch so einfach zu begreifen wäre, ging es ihr durch den Kopf. Nach dem Koran zu urteilen, war es bestimmt nicht richtig gewesen, sich mit Gewalt aus der Notsituation zu retten. Sie hatte noch Glück gehabt, dass es keine marokkanischen Jungen gewesen waren. Aber die hätten ein Mädchen wie sie auch nie belästigt.

In der Schulbibliothek hatte sie in einer Zeitung gelesen, dass gerade marokkanische und türkische Jungen oft gewalttätig wurden, durch Diebstähle und andere Übergriffe auffielen, aber einem Mädchen mit Kopftuch würden sie nicht zu nahe treten. Hinter jedem muslimischen Mädchen standen die Brüder, Väter, Onkel oder Cousins, die so eine Tat rächen würden. Sie wusste, dass sie außer zu Elena mit niemandem über den Vorfall reden konnte. Ihr Vater würde ihr den Ausgang verbieten, Abdul und Achmed würden versuchen, die Jungen zu finden. Nein, das musste sie für sich behalten, und Elena auch.

»Hey, ich habe dich was gefragt!« Elena stieß sie an.

»Tut mir leid, ich musste wieder an die Sache von vorhin denken. Versprich mir, dass du es niemandem erzählst.«

»Ich hab doch schon gesagt, du kannst auf mich zählen«, sagte Elena. »Und eine Klatschtante war ich noch nie!«

Kapitel 6

Ruhelos lag Malika auf ihrem Bett. Sie wusste, sie würde die ganze Nacht kein Auge zumachen. Wie auch: erst das heimliche Treffen mit Tobias und dann die überraschende Begegnung mit ihrem Bruder.

Sie war mit Tobias im Kino gewesen.

Zwei Tage zuvor hatte er sie auf dem Schulhof angesprochen.

»Was hältst du von *Das Leben der Anderen*? Ist das ein Film, den du als gut bezeichnen würdest?«

Malika fühlte, wie ihr Gesicht glühte. Sie ärgerte sich maßlos darüber. »Den kenne ich nicht!«

»Nein? Er hat einen Oscar bekommen und ist wirklich sehenswert. Es geht um die Stasi-Bespitzelung in der DDR. Wir können uns ja gar nicht mehr vorstellen, wie das damals war, ein geteiltes Deutschland.«

Es war also kein Schmachtfetzen, sondern ein politischer Film. Noch dazu ein Film, der ausgezeichnet worden war.

»Er wird übermorgen im kleinen Filmhaus gespielt. Mittags, wie du es dir gewünscht hast.«

»Wann?«

»Um zwei. Wenn wir gleich nach der Schule gehen, schaffen wir es gerade. Die letzte Stunde bei Frau Lammers fällt aus. Sie hat irgendeine Fortbildung.«

Wie genau er alles geplant hat, dachte Malika. Bestimmt hielt er sie für blöd, weil sie den Film nicht kannte. Aber bei ihr zu Hause war der Fernseher mit einer besonderen Satellitenschüssel nur auf die marokkanischen Sender eingestellt. Und ihr Vater bestimmte sowieso, was gesehen wurde. Wenn er mit Abdul und Achmed im Geschäft war, schaute sie mit ihrer Mutter auch manchmal einen Film an. Natürlich gab es keine deutschen Filme auf ihren Sendern. Die marokkanischen Filme oder Serien waren total harmlos. Weniger harmlos waren die Reportagen von den Kriegsberichterstattern. Grundsätzlich sah man die Revolutionäre oder die heiligen Krieger im Recht.

Malika sprach mit ihrer Mutter nie über den Inhalt der Sendungen. Sie trank zusammen mit ihr Tee und knabberte an dem Gebäck, das ihre Mutter gebacken hatte.

»Warum müssen Männer immer kämpfen?«, fragte ihre Mutter einmal.

Malika wusste nicht, ob sie eine Antwort erwartete. Also schwieg sie. In einer Zeitschrift hatte sie über die Hintergründe einiger Kriege gelesen. Ein Land, das keine reichen Bodenschätze, keine Ölquellen hatte, brauchte auch nicht mit einer Einmischung des Westens zu rechnen. Das Wohl der einheimischen Bevölkerung war den westlichen Staaten in diesen Fällen egal, sie wurde oft im Stich gelassen. So hatte Malika jedenfalls den Artikel ausgelegt. Bei der Frage der Macht ging es natürlich auch um die Macht der Religion.

Es gab sowohl in der Bibel als auch im Koran Textstellen,

die alles andere als friedlich klangen. Aus dem Geschichtsunterricht wusste Malika, dass im Mittelalter die Waffen von Priestern gesegnet worden waren. Und noch im Zweiten Weltkrieg hatte auch der Papst das getan.

Wenn ich allmächtig wäre, würde ich jeden Krieg verbieten, dachte Malika.

Malika hatte den Filmtitel *Das Leben der Anderen* im Internet gegoogelt. Sie wollte sich zumindest vorher informieren, worum es in dem Film ging.

Er spielte in Ostberlin Mitte der 80er-Jahre und handelte von einem Künstlerehepaar, das von der Stasi bespitzelt wird. Um ihre Karriere als Schauspielerin nicht zu gefährden, geht die Frau eine Beziehung mit dem Kulturminister ein.

Malika schluckte.

Hieß das nicht auch, dass der Film Sexszenen zeigen würde? Wie würde diese Beziehung dargestellt werden? Der Film war ab zwölf Jahren freigegeben. Hoffentlich war das mit dem Sex nicht so schlimm.

Tobias hatte in einem weiteren Briefchen »Treffpunkt Ecke Filmhaus neben der Bierklause« vorgeschlagen.

Das war Malika recht. Es sollte nicht jeder mitbekommen, dass sie eine Verabredung hatten. Sie hoffte auch, dass Tobias gegenüber seinen Freunden den Mund hielt. Sie selbst hatte es nur Elena erzählt. Das musste sie, weil sie offiziell wieder zu ihr ging, um ihr bei den Mathehausaufgaben zu helfen.

Elena fand das alles sehr spannend. Sie fühlte sich in der Rolle als Mitwisserin sehr wichtig.

»Lass bloß dein Handy an«, ermahnte sie in der Pause Malika. »Falls dein Vater oder einer deiner Brüder anruft, schlage ich sofort Alarm.«

»Mein Vater wird nicht anrufen«, sagte Malika. »Er vertraut mir!«

»Und deine Brüder?«

»Die sind mit ihrem eigenen Leben beschäftigt. Ich glaube, sie können sich gar nicht vorstellen, dass ihre sittsame Schwester etwas tut, was nicht erlaubt ist.«

Wo fand sich im Koran eine Textstelle, die es Mädchen verbot, ins Kino zu gehen?

Natürlich nirgendwo. Als der Koran aufgeschrieben wurde, gab es weder Kino noch Fernsehen. Ein solches Verbot konnte also höchstens im Zusammenhang mit allgemeinen Vergnügungen auftauchen. Aber sosehr Malika mithilfe des Computers danach suchte: Im Koran stand darüber nichts. Hieß das, Gott hatte Mohammed nichts über Vergnügen und Entspannung mitgeteilt?

Mit Elena hatte sie viel Spaß. Elena konnte so herrlich albern sein. Einmal hatte sie Malika überredet, sich von ihr schminken zu lassen. Erst hatte sie mit Lidschatten, Puder und Lippenstift aus ihrem eigenen Gesicht das einer verführerischen jungen Frau gezaubert. Aber bei Malika war das Resultat fast noch verblüffender. Malika durfte während ihrer Verwandlung nicht in den Spiegel schauen.

»Voilà«, sagte Elena und drehte Malika zum Spiegel.

Es war eine Fremde, die Malika ansah. Ihre dunklen Augen wirkten viel größer, das Rouge gab ihrem Gesicht eine unbekannte Frische und der Lippenstift betonte ihren vollen Mund. Passend dazu hatte Elena noch eine kleine rote Stoffblume in das Haar ihrer Freundin gesteckt.

»Und, gefällst du dir?«

Malika nickte, aber dann sagte sie: »Bin ich das? Meine eigene Familie würde mich nicht erkennen.« Und sie dachte: Selbst mir ist diese Malika fremd!

Elena lachte. »Aber deine eigene Familie kennt dich doch auch tatsächlich nicht. Die gehorsame Tochter, die auf alle Fragen Antworten im Koran finden soll und ihn zitieren können muss, ist doch nur eine Seite von dir.«

Übermütig packte sie Malika an der Schulter und wirbelte sie auf dem Drehstuhl herum.

»Kannst du eigentlich tanzen?«

»Tanzen?«

Elena legte eine CD ein.

»Heather Nova«, sagte sie. »Die hat eine tolle Stimme, ein bisschen melancholisch, aber doch auch rockig.« Sie bewegte sich rhythmisch zur Musik. »Komm, mach mit!«, sagte sie und zog Malika vom Stuhl hoch.

Malika zögerte. Es war für sie vollkommen ungewohnt, sich locker zu bewegen.

»Mach die Augen zu und lass dich gehen«, meinte Elena.

Malika schloss die Augen, lauschte dem Bass und der Stimme der Sängerin.

Und ziemlich schnell ging ihr die Musik ins Blut. Erst kam es ihr selbst noch ein bisschen hölzern vor, aber dann war es, als tanze sie von ganz allein.

»Wow!« Elena strahlte sie an. »Das ist ja eine ganz andere Malika! Wie eine Disco-Queen, klasse!«

Malika ließ sich aufs Bett fallen und strich ihre Haare aus dem Gesicht. Es musste toll sein, so ungezwungen leben zu können wie andere deutsche Mädchen.

»Super Stimme«, sagte sie, »da geht es wie von selbst.«

Im Spiegel an der Wand sah sie sich an. Eine Fremde. Rote Wangen, glänzende Augen und Locken, die ihr Gesicht umrahmten.

Sie lächelte ihrem Spiegelbild zu und schüttelte ihr Haar. Ihr gefiel diese unbekannte Malika. Ein Mädchen, das lebte, richtig lebte, Funken versprühte.

»Wenn Tobias dich nur so sehen könnte«, sagte Elena.

»Du hast sie wohl nicht alle!« Malika war schlagartig wieder in der Wirklichkeit. »Du glaubst doch nicht, dass ich mich jemals so zeigen würde! Niemals!« Sie hatte Angst. Funken konnten einen Brand verursachen.

Sie griff nach ihrem Kopftuch, zwängte die Locken erst in das kleine Käppchen, das sie unter dem Tuch trug.

»Sag niemals nie!« Elena betrachtete ihre Freundin. »Musst du schon nach Hause?«

Malika nickte. »Ich will ihre Geduld nicht überstrapazieren. Und sie sollen nicht misstrauisch werden!«

Ihre Eltern waren nicht misstrauisch. Sie vertrauen mir, dachte Malika, und ich hintergehe sie. Das tat ihr weh. Aber hatte sie nicht auch das Recht auf ein bisschen Freude? Auf ein bisschen Spannung? Die Verabredung mit Tobias bedeutete Spannung hoch drei.

Sie trafen sich wie verabredet an der Ecke bei der Bierklause. Natürlich trug sie wie immer ihr Kopftuch, aber ihre Augen glänzten und die Aufregung färbte ihre Wangen rot.

Tobias grinste ein wenig verlegen.

»Kino am Nachmittag! Das ist auch für mich neu.«

Bevor sie in den Kinosaal gegangen waren, hatte Tobias einen großen Pappeimer Popcorn und zwei Cola gekauft.

An die Vorschau und Reklame konnte Malika sich hinterher nicht mehr erinnern. Es verwirrte sie, Tobias so dicht neben sich zu wissen. Manchmal griffen sie beide gleichzeitig zum Popcorn, sodass sich ihre Hände berührten. Wie ein kleiner elektrischer Schlag durchfuhr es Malika dann. Und sie ertappte sich dabei, wie sie diese Berührung immer wieder suchte.

Der Film nahm sie gefangen. Sie hatte nicht gewusst, dass Deutsche andere Deutsche so beobachtet hatten. Der Stasi waren alle noch so intimen Details aus dem Leben ihrer Opfer bekannt. Und wenn man sich nicht so verhielt, wie es der Staat von einem verlangte, warteten Haft oder sogar Folter auf die Abtrünnigen. Eine abweichende politische Meinung musste man für sich behalten. Es war viel zu gefährlich, jemandem zu vertrauen. Selbst im engsten Familienkreis konnte man vor Bespitzelung nicht sicher sein. Ein unbedachtes Wort, eine unbedachte Handlung und man war ein Staatsfeind.

In der Pause ging Tobias zur Toilette. Malika blieb sitzen und dachte über den Film nach. Sie verglich das Leben in der damaligen DDR mit ihrem Leben in einer konservativen muslimischen Familie. Auch sie musste sich hüten, ihre wahre Meinung zu sagen. Wem konnte sie in ihrer Familie vertrauen? Niemandem! Ihre Eltern wären entsetzt, und ihr Vater würde bestimmt Mittel und Wege finden, seine Tochter wieder auf den rechten Weg zu bringen.

Und ihre Brüder?

Mit Achmed hatte sie nie engen Kontakt gehabt. Als Zweitgeborener tat er alles, um sich bei seinem Vater lieb Kind zu machen. Er würde sich nicht scheuen, sie oder Abdul anzuschwärzen, wenn er etwas fände. Am liebsten würde er natürlich Abduls Platz einnehmen.

Als der Dschinn in Abdul gefahren war, hatte Malika für einen kurzen Moment Achmeds Blick gesehen. Es schien ihr, als triumphierte er, weil Abdul so litt. Abduls Krankheit bedeutete für ihn, dass er dessen Platz einnehmen konnte. Wenn er Verdacht schöpft, würde er bestimmt auch heimlich hinter mir herspionieren, dachte sie. Sie musste vorsichtig sein.

Aber auch Abdul hatte sich verändert, seitdem er vom Dschinn geheilt worden war. Sie spürte plötzlich eine Distanz zwischen sich und ihm, die sie traurig machte. Manchmal sah er sie nachdenklich an, so als wisse er nicht recht, was er tun sollte. Hatte ihn irgendetwas misstrauisch gemacht?

»Du bist ein Teil von mir«, hatte er einmal zu ihr gesagt. »Wie könnte ich dir je ein Leid zufügen!«

Aber die Angst in ihr riet ihr, sich vorsichtig zu verhalten, auch ihm nicht zu vertrauen. Er war wie sie streng im Sinne des Korans erzogen worden. Wahrscheinlich glaubte er, was er hörte. Und er ging in letzter Zeit noch öfter als sonst in die Moschee. Wusste er nicht, wie er mit dem, was er über Malika vielleicht wusste, umgehen sollte? Benötigte er Allahs Rat?

Tobias kam zurück. Er brachte ihr eine Schachtel Eiskonfekt mit. »Du isst doch gerne Süßes, oder?«, fragte er.

Sie nickte.

Er öffnete die Packung, nahm behutsam eine Eispraline heraus und hielt sie vor ihren Mund.

Sie sah ihn an, öffnete zögernd die Lippen. Sein Blick hielt ihren fest, als er das Konfekt sanft in ihren Mund schob. Für ein oder zwei Sekunden berührten seine Finger ihre Lippen. Sie schloss die Augen. Nach einer Weile nahm er ihre Hand, die kalt in ihrem Schoß lag, und ließ sie für den Rest des Filmes nicht mehr los.

Malika hatte nicht gewusst, dass ein Händedruck so viel Geborgenheit geben konnte.

Nach dem Film blieben sie noch eine Weile sitzen. Der Saal leerte sich.

»Ich glaube, wir müssen auch gehen«, meinte Tobias.

»Ja«, sagte Malika, »ja, es wird Zeit.«

Sie blieben sitzen.

Dann sah sie ihn bittend an. »Niemand darf hiervon etwas erfahren.« Und leiser fügte sie hinzu: »Es wäre zu Ende, bevor es überhaupt begonnen hat.«

»Ich weiß«, sagte er und drückte wieder ihre Hand. Er sah sie an, sein Blick streichelte ihr Gesicht.

Noch im Kino trennten sie sich.

»Das ist besser«, hatte Malika gesagt. »Wir dürfen kein Risiko eingehen.«

»Alles okay«, sagte Tobias, »aber wiedersehen darf ich dich doch?«

Malika war froh, dass der Herbstwind ihr glühendes Gesicht kühlte. Sie fühlte sich wie im Fieber. Sie musste zu Hause aufpassen, dass ihr niemand ansah, woher sie kam und was sie erlebt hatte. Um sich zu beruhigen und auf andere Gedanken zu kommen, ging sie einen kleinen Umweg. Sie wollte gerade auf der Höhe des Bahnhofs die Straße überqueren, als ihr Blick an einem der Gäste in einem Café hängen blieb. Es war Abdul. Er sah sie erschrocken an. Sie winkte ihm zu, aber Abdul reagierte nicht. War er wieder von einem Dschinn besessen? Malika zögerte einen Augenblick. Dann nahm sie all ihren Mut zusammen und ging in das Café. Ein gutes muslimisches Mädchen betrat ein Café nicht ohne Begleitung. Aber schließlich saß ihr Bruder an einem der Tische.

Erst als sie im Café stand, sah sie, dass Abdul nicht alleine war. Eine junge, dunkelhaarige Frau saß neben ihm, von einer Palme halb verdeckt, und nahm gerade seine Hand.

»Abdul, was ist los? Du wirst doch nicht wieder einen bösen Spuk gesehen haben?«, fragte sie ihn besorgt.

Malika starrte sie an. Wer war diese Frau? Wieso ging sie so vertraut mit ihrem Bruder um? Und warum benahm sich Abdul tatsächlich, als hätte er nicht sie, sondern einen Dämon vor dem Fenster gesehen?

Langsam drehte er sich zu ihr um.

»Hallo«, sagte Malika und sah erst Abdul und dann die fremde Frau an.

Abdul öffnete den Mund, brachte aber keinen Ton heraus.

Die Frau hatte sich schneller gefasst. Sie stand auf und schüttelte Malikas Hand.

»Ich bin Inez«, stellte sie sich vor. »Abduls Freundin«, fügte sie noch mit sehr bestimmtem Ton hinzu.

Abduls Freundin? Diese junge Frau, die offensichtlich keine Marokkanerin war und wahrscheinlich auch keine Muslimin? Sie trug ihr Haar offen und ihre Bluse hatte ein Dekolleté. Beides deutete auf einen westlichen Lebensstil hin.

»Komm, setz dich doch zu uns.« Inez zog einen Stuhl heran.

Malika setzte sich und sah ihren Bruder an, der immer noch kein Wort gesagt hatte.

»Hallo!« Sie klopfte ihrem Bruder halb scherzend, halb ängstlich auf den Arm. »Ich bin es, deine Schwester.«

»Hallo«, sagte Abdul zögernd. Er hatte es nicht glauben können, als er seine Schwester auf einmal vor dem Fenster gesehen hatte. Was tat sie hier ganz allein in der Nähe des Bahnhofs?

Er fragte sie.

»Einen Spaziergang machen«, log Malika. »Ich wollte nach dem Besuch bei Elena noch ein bisschen frische Luft schnappen, bevor ich nach Hause gehe.«

Inez war nicht entgangen, dass sich Malikas Gesicht bei

dieser Antwort etwas verfärbte. Sie schwindelt, dachte sie. Aber das ging sie nichts an.

»Und dabei treffe ich zufällig meinen Bruder«, Malika machte eine gekonnte Pause, »und seine Freundin.«

Jetzt war es Abdul, der rot wurde. Er sah unsicher erst zu Inez, dann zu Malika.

»Ja, Allahs Wege sind unerklärlich«, murmelte er.

»Allah ist der Weg«, zitierte Malika routiniert aus dem Koran.

»Jetzt hört doch bloß mal mit dem Koran auf«, sagte Inez etwas ungeduldig. »Ich werfe doch auch nicht bei jeder Gelegenheit mit Bibelzitaten um mich – obwohl ich es könne!«

Erschrocken sah Malika zu ihrem Bruder. Was würde er auf diese frevlerischen Worte erwidern?

Er sagte nichts, nein, er lächelte Inez sogar zu und nahm ihre Hand. »Du hast ja recht, es gibt noch ein Leben *neben* dem Koran.«

Malika war es, als schaute sie in einen Abgrund. Was sagte ihr Bruder da? Es gab noch ein Leben neben dem Koran?

»Nun mach mal den Mund wieder zu!« Inez lachte. »Es ist nichts passiert! Du weißt jetzt, dass dein Bruder eine Freundin hat, und dein Bruder weiß, dass du manchmal frische Luft schnappen musst.«

Inez' Blick verriet, dass sie mehr hinter Malikas »Luftschnappen« vermutete, aber das war Malika im Moment egal. Sie hatte erst einmal genug damit zu tun, die Neuigkeit zu verdauen.

Malika sah Inez genauer an. Sie war eine hübsche Frau mit großen, wachen Augen und einer klasse Figur, die von der engen Bluse noch betont wurde. Malika sah unauffällig zu ihren Beinen hinüber. Die waren auch nicht übel, wie der kurze Rock zeigte. Kurzer Rock? Ihr Vater würde einen akuten Herzinfarkt bekommen, wenn er Abdul mit diesem Mädchen sehen würde. Und deshalb hatte ihr Bruder natürlich auch so erschrocken geschaut.

Abdul erriet ihre Gedanken.

»Und ich dachte, hier am Bahnhof sind wir ungestört.«

Malika zog ihre Augenbrauen hoch. Ungestört? Ja, natürlich störte sie die beiden. Sie schob ihren Stuhl nach hinten, um aufzustehen.

»Nee, nun bleib, so meinte ich das nicht. Ich meinte, dass uns niemand sieht, der uns nicht sehen darf.«

Sie durfte ihn also sehen? Er vertraute ihr? Kann er auch, dachte Malika, ich würde ihn nie verraten.

Die Bedienung kam und Malika bestellte einen Caffè Latte. Dann verschränkte sie ihre Arme und sah wieder Inez an. »So, du bist also die Freundin meines Bruders!«

Inez lächelte. »Ja«, sagte sie, »und ich finde es toll, dass ich endlich mal Abduls kleine Schwester kennenlerne.«

»Das ›kleine‹ kannst du ruhig weglassen«, erwiderte Malika, »ansonsten ist das Vergnügen ganz auf meiner Seite.« Sie wusste, wie gestelzt sie sich anhörte, aber irgendwie fiel es ihr schon schwer, den richtigen Ton zu finden.

»Ja, bei uns zu Hause hätte ich dich bestimmt nicht so schnell kennenlernen dürfen«, fuhr sie betont unschuldig fort. »Oder hat Abdul dich schon eingeladen?«

Das war gemein.

»Malika!« Abduls Stimme war scharf.

Malika sah ihn furchtlos an. Sie wunderte sich über sich selbst. Aber im Moment hatte sie eindeutig die besseren Karten.

»Ja, Abdul?« Sie gab sich ahnungslos.

»Du weißt doch ganz genau, dass ich Inez nicht zu uns nach Hause einladen kann!«

Malika dankte dem Kellner, der ihren Milchkaffee gebracht hatte, und rührte nachdenklich in ihrer Tasse.

»Nee«, sagte sie dann, »eigentlich weiß ich das nicht. Könnte ja sein, dass Inez«, sie sah kurz zu der jungen Frau, »könnte doch sein, dass sie sich unserem Glauben anschließen will.«

»Das fehlte mir gerade noch!« Inez' Erwiderung kam wie aus der Pistole geschossen.

Malika erstarrte. Was für eine krasse Aussage! Darauf musste ihr Bruder doch reagieren?!

Aber Abdul schwieg. Dann musste sie eben den Islam verteidigen.

»Wieso? Ist dir unser Glaube nicht gut genug?«

Inez hob beschwichtigend die Hände.

»Ich will dich nicht kränken, Malika, aber ich könnte mich nie so einschränken lassen, wie euer Glaube das mit euch Mädchen und Frauen tut.«

»Wir leben nur nach dem Koran«, sagte Malika entschieden und fragte sich gleichzeitig, warum sie für den Koran eintrat, obwohl sie doch selbst immer wieder an dem heiligen Buch zweifelte. Natürlich nicht an der Heiligkeit und nicht daran, dass er der Ursprung ihres Glaubens war, aber sie zweifelte eben an der Auslegung. Trotzdem war es etwas anderes, wenn sie selbst unsicher war, als wenn eine Freundin Abduls im kurzen Rock und mit ausgeschnittener Bluse Kritik übte. Eine, die doch gar keine Ahnung hatte, was die Einschränkungen, wie sie es nannte, wirklich bedeuteten.

»Ich möchte nicht, dass ihr euch über den Koran streitet«, sagte Abdul leise, aber bestimmt.

»Okay.« Malika schlürfte ihren Kaffee und warf hin und wieder einen Blick zu Inez. Die hatte zwar erst noch etwas sagen wollen, aber dann nur Abduls Hand genommen. Und Abdul ließ sie ihr. Zärtlichkeiten zwischen Mann und Frau waren in der Öffentlichkeit nicht gestattet.

Sie dachte an Tobias. Sie würde nie so mit ihm in einem Café sitzen können. Warum durfte ihr Bruder das? Niemand würde ihn zurück nach Marokko schicken. Ärger mit ihrem Vater würde er allerdings wohl bekommen.

»Du hältst doch deinen Mund?«, fragte Abdul.

Jetzt war es endgültig Spätherbst, dunkel und kühl. Die nasse und kalte Jahreszeit setzte ihrem Körper zu. Aber auch Malikas Seele war angeschlagen. Gegen die Melancholie gab es kein Mittel, aber der drohenden Grippe versuchte ihre Mutter mit heißen Tees und Vitaminpräparaten beizukommen, doch nichts half. Malika bekam Fieber und erholte sich nur langsam. Der heftige Husten blieb.

Malikas Vater beobachtete seine Tochter, sah ihre Niedergeschlagenheit, die fahle Blässe ihres Gesichts. Und er bemerkte Abduls besorgte Blicke, mit denen er seine Schwester ansah. Er dachte an die Worte des Heilers Yassin Benasker, und er betete mehr als je zuvor, denn er liebte seine Kinder. Er bat Allah, ihm den rechten Weg zu zeigen.

Malika hatte Angst. Sie tat Unrecht, sie zweifelte, in ihrem Herzen war sie krank und ihr Körper war auch krank.

Und Abdul? Auch er tat Unrecht! Aber er war ein Mann. Sie ignorierte seine Blicke. Er konnte sich auf ihre Verschwiegenheit verlassen.

Es kam ein Brief aus Marokko. Onkel Mohammed El Zhar schrieb, dass seine Frau Tawfika sich von einem schweren Sturz und einem komplizierten Beinbruch nur schwer erholte. Natürlich pflegte seine Tochter Kuchida sie voller Hingebung. Aber gerne wollte er sie etwas entlasten, damit sie nicht nur noch ein Schatten ihrer selbst sei, wenn sie heiratete. Vielleicht könnte Malika ihr ein bisschen zur Hand gehen? Und dann war da noch Rashid. Er würde sich freuen, seine Cousine zu begrüßen.

Malikas Vater dachte an die Worte des Heilers, dass die Schönheit seiner Tochter eine Gefahr war. Aber Rashid war im heiratsfähigen Alter und wieder frei. Er begriff den Hinweis seines Schwagers.

Er ging in die Moschee und dankte Allah.

In Marokko war es auch jetzt im November noch warm. Tagsüber stieg das Thermometer meistens über zwanzig Grad, nur die Nächte wurden kühler. Eine angenehme Temperatur, besonders im Sommerhaus der El Zhars an der Küste hinter Agadir.

Er teilte seiner Frau seinen Entschluss mit.

»Es sind jetzt keine Ferien!«, sagte sie.

Malikas Vater ignorierte ihren Einwand.

»Es wird Malika guttun. Der Wind wird die Spinnennetze in ihrem Kopf wegblasen. Die Sonne wird ihren Körper stärken. Die Arbeit im Hause meines Schwagers wird ihre Seele kräftigen. So sei es!«

Er hatte Frau Lammers von seinem Plan schnell überzeugt. Auch sie hatte mit Besorgnis Malikas Zustand beobachtet. »Lassen Sie mir bitte ein Attest Ihres Hausarztes zukommen, der eine Rekonvaleszenz Ihrer Tochter in einem warmen Land für medizinisch notwendig hält.«

Paul Deich hörte Malikas Lunge ab. Dann maß er ihren Blutdruck. Während er die Manschette löste, betrachtete er nachdenklich ihr blasses, schmales Gesicht.

»Ihr hättet schon früher kommen sollen«, sagte er an Abdul gewandt, der am Fenster stand und Malikas Tugend beschützen sollte.

»Wir haben unsere Tees und natürlich den Koran«, sagte Abdul mit bitterer Stimme.

Ein Hustenanfall Malikas lenkte den Arzt ab, bevor er etwas darauf erwidern konnte.

»Da muss unbedingt etwas geschehen«, sagte er. »Ich verschreibe dir einen lindernden Hustensaft, etwas zum Einreiben und, ja, ein paar Wochen gesunde Seeluft werden dir guttun.«

Am nächsten Tag bekam Frau Lammers ihr Attest für die Freistellung Malikas vom Schulunterricht aus gesundheitlichen Gründen.

Malika wusste nicht, ob sie weinen oder lachen sollte. Eigentlich war ihr alles egal. Denn auch wenn sie Tobias in der Schule näher war als zu Hause oder gar in Marokko: Es war so schwierig, ihn zu sehen, ihn zu treffen.

Sie mussten immer auf der Hut sein und die Angst war ihr ständiger Begleiter. In der Schule durfte außer Elena niemand wissen, dass sie miteinander gingen. Die Krankheit kam ihr beinahe gelegen. Da konnte sie sich in ihrem Bett verkriechen und die Realität wegträumen.

Als sie hörte, dass sie Kuchida bei der Pflege ihrer Tante Tawfika unterstützen sollte, war ihr das recht. Es war zwar schrecklich, dass sie Tobias für einige Wochen nicht sehen konnte, aber was hatte er an einer Freundin, die langsam, aber sicher immer weniger wurde und kaum noch die Kraft und Energie hatte, ihn heimlich zu treffen?

Elena war ihre große Hilfe. Ohne sie hätte Malika keine Chance gehabt, sich mit Tobias zu verabreden. Einmal verschwand Elena mit ihrem »Bruder« für eine Stunde zum Einkaufen, während Tobias »zufällig« ein Buch bei Elena abgab und Malika mit ihm Tee trank. Als er sie küssen wollte, wehrte sie ihn zunächst ab.

»Du wirst dich anstecken«, murmelte sie wenig überzeugend.

»Deine Viren stoßen auf meine Killerviren«, sagte er lächelnd und strich ihr über die Wange. »Keine Chance!«

Sie küssten sich, und Malika versank in diesem Kuss, tiefer und tiefer. Am liebsten hätte sie Tobias nie wieder losgelassen. In diesem Augenblick war sie nicht krank – im Gegenteil: Sie lebte, sie fühlte, wie das Blut in ihren Adern pulsierte, und ihre Lippen suchten die seinen, immer und immer wieder.

Wenn er ging, war es, als erwachte sie aus einem Traum.

Vielleicht war es einfacher, wenn sie ihn für kurze Zeit überhaupt nicht sah? Nein, natürlich würde das Ganze dadurch nicht leichter werden, aber zumindest würde sie wieder gesund. Sie musste Kraft haben, wenn sie kämpfen wollte. Kämpfen? Wofür wollte sie kämpfen? Sie wusste es nicht, aber in einem war sie sich ganz sicher: Sie wollte nicht so leben wie ihre Mutter.

Wenn sie nun das große Glück haben würde, dass ihre Eltern für sie einen Mann aussuchen würden, den sie lieben konnte, dann wäre ja alles in Ordnung. Aber das würde wahrscheinlich nie geschehen. Im Moment konnte sie sich überhaupt keinen anderen Mann als Tobias vorstellen. Und Tobias ähnelte in nichts seinen marokkanischen Altersgenossen. Er behandelte Mädchen genauso wie Jungen. Und Malika fragte er nach ihrer Meinung, hörte ihr zu, hielt sie für etwas Besonderes.

»Ein Mädchen wie dich habe ich noch nie getroffen«, hatte er ihr beim letzten Mal gesagt. »Ich meine, du siehst nicht nur klasse aus, du benimmst dich auch nicht so affig. Und mit dir kann ich richtig reden.« Er hatte einen Moment geschwiegen und sein Gesicht an ihrem Hals vergraben. »Ich hoffe, du hältst mich nicht für ein Weichei!«

Malika schloss die Augen und schüttelte den Kopf.

»Nein«, sagte sie etwas heiser, »du bist genau richtig!«

Kapitel 7

Ihr Vater, Abdul, Achmed und ihre Mutter brachten sie zum Flughafen. Es war Malikas erste Reise ganz allein. Sie dachte an das Gefühl von Freiheit, das sie bei ihrer Ankunft aus Marokko hier im Sommer gehabt hatte. Und jetzt ging sie mehr oder weniger freiwillig zurück zu der Familie ihres Onkels.

Mutter hatte ihr für die Reise einen neuen Mantel gekauft, grau, hochgeschlossen, zu lang.

»Dann raffst du ihn eben ein bisschen hoch«, hatte ihre Mutter gesagt.

Als Malika ihn das erste Mal zur Schule angezogen hatte, fühlte sie sich wie eine alte Frau.

Es war wieder Elena gewesen, die sie aufmunterte.

»Grau ist die neue Modefarbe, Malika. Und mit dem lilafarbenen Kopftuch bist du total in.«

Ihre Freundin hatte gut reden. Sie trug eine enge graue Jeans mit einem bedruckten lila Wickelshirt. Das betonte ihre Figur und sie sah richtig sexy aus. Das konnte man von Malikas gerade geschnittener Bluse und dem langen Rock wirklich nicht behaupten. Außerdem waren ihr im Moment alle Sachen zu weit. Sie hatte abgenommen.

»Ich werde dich vermissen«, hatte Tobias ihr vor der Mädchentoilette zugeflüstert, während Elena aufpasste, dass niemand die beiden sah. »Hoffentlich bist du bald wieder gesund.« Er nahm sie in den Arm und zog sie an sich. »Vergiss nicht, mir zu simsen, dass du gut angekommen bist.« Für einen Augenblick spürte sie, wie ihr Körper von einer warmen Welle durchflutet wurde, aber als er ging, war es wieder kalt.

»Mensch, Malika, du bleibst doch nicht ewig weg!« Elena legte tröstend den Arm um ihre Schulter. »Freu dich doch lieber. Während wir hier büffeln und frieren, darfst du dich im Süden aufwärmen. Wie ein Zugvogel, dem unser Klima zusetzt.«

Wenn ich ein Zugvogel wäre, dachte Malika, dann würde ich weiter und weiter fliegen, bis ich mit Tobias ein Land gefunden hätte, in dem ich frei wäre. Ich würde gerne mit dir tauschen, dachte Malika und sah Elena an. Aber sie sagte nichts, versuchte nur ein Lächeln, das misslang.

Malikas Vater redete zum Abschied auf seine Tochter ein, zitierte natürlich auch wieder den Koran, aber Malika mied seinen Blick, sah auf ihre Schuhspitzen und fühlte seine Worte an sich abgleiten.

»Wo bist du denn mit deinen Gedanken?«, fragte ihr Vater plötzlich scharf.

Erschrocken sah sie auf. Ihre Augen füllten sich mit Tränen. Das fehlt noch, dachte sie, dass ich hier wie ein kleines Mädchen anfange zu heulen.

Im Flugzeug saß sie am Fenster. Sie konnte es kaum abwarten abzuheben. Für einen Moment bildete sie sich ein, wie ein Zugvogel wegzufliegen, frei zu sein. Unter ihr verschwand Düsseldorf, bald sah sie nichts anderes mehr als einen weißen Wolkenteppich unter dem Flugzeug. Aber darüber schien die Sonne und der Himmel war stahlblau. Sie dachte an den Autor des Buches vom kleinen Prinzen. Eines Tages war Antoine de Saint-Exupéry mit seinem Flugzeug in diesen blauen Himmel geflogen, höher und immer höher. Er war nie wieder zurückgekehrt. Das wäre mir recht, dachte Malika. Fliegen, fliegen, immer höher, bis an das Ende des Universums. Und dann: aus, nichts mehr, verschwinden in einem der dunklen Löcher in der unendlichen Weite. Wer würde sie schon vermissen? Tobias vielleicht für eine kurze Weile, aber es gab so viele hübsche, nette Mädchen. Elena, ja, sie würde sich an Malika erinnern, an einen Zugvogel, dem das deutsche Klima nicht bekommen war. Ihre Eltern? Ach, sie war ja doch nur ein Mädchen. Glücklicherweise hatte sie ihnen nie Schande bereitet. Und ihre Brüder? Über Achmed machte sie sich keine Illusionen: Er würde ihr wohl keine Träne hinterherweinen. Und Abdul würde mit Inez über sie reden, sich von ihr trösten lassen.

Die Stewardess riss sie aus ihren Gedanken.

»Was möchtest du essen? Pasta oder Roulade mit Rotkohl?«

Sie hatte keinen Hunger, aber auf keinen Fall wollte sie völlig entkräftet in Agadir ankommen.

»Pasta«, antwortete sie und sah zu ihrer Nachbarin, die ihr zulächelte.

»Das ist bestimmt die bessere Wahl«, sagte die Frau. »Das Fleisch von den Großküchen ist oft etwas zäh!«

»Ja«, erwiderte Malika und musterte ihre Nachbarin unauffällig. Sie war nicht mehr jung, aber auch nicht alt. Erst jetzt fiel Malika auf, dass die Frau sie auf Marokkanisch angesprochen hatte. Also war sie eine Marokkanerin! Sie trug einen modernen Hosenanzug und ihr rundliches Gesicht wurde von dunklen Locken umrahmt. Sie war dezent geschminkt.

»Reist du allein?«, fragte die Frau.

Malika nickte. »Ich soll meiner Cousine bei der Pflege ihrer Mutter helfen.« Ein Hustenanfall hinderte sie am Weiterreden. Als sie wieder Luft bekam, versuchte sie entschuldigend zu lächeln.

»Dir geht es aber auch nicht so gut«, stellte die Frau fest.

»Ach, nur eine verschleppte Erkältung«, erwiderte Malika und wusste, dass das nicht die ganze Wahrheit war.

»Ich heiße übrigens Ramira Yassin!«, sagte die Frau.

»Und ich bin Malika«, stellte sie sich vor.

Die Stewardess brachte das Essen. Während Malika das Besteck aus der Serviette wickelte, bekam sie wieder einen Hustenanfall.

»Gesund bist du wirklich nicht«, meinte ihre Nachbarin. Und nach einer kurzen Pause fügte sie hinzu: »Und besonders glücklich siehst du auch nicht aus.«

Malika guckte erschrocken hoch und machte eine abwehrende Handbewegung. »Es ist schon in Ordnung«, sagte Ramira. »Ich bin froh, dass du neben mir sitzt. Ich glaube nicht, dass dich nur eine verschleppte Erkältung quält. Weißt du, ich habe ein Gespür für unglückliche Mädchen entwickelt.«

Malika schwieg. Was konnte sie auch darauf erwidern?

»Vielleicht sollte ich dir mal ein bisschen von mir erzählen«, sagte die Frau. Sie griff zu ihrem Glas und trank einen Schluck daraus.

»Es gab eine Zeit, da war ich eine Vorzeige-Muslimin«, begann sie. »Und in den letzten Jahren habe ich fast all die Sünden begangen, die man als strenggläubige Muslimin begehen kann.« Sie lächelte leicht, als sie das erschrockene Gesicht des Mädchens sah.

Darf ich überhaupt mit ihr reden?, dachte Malika. Aber sie hörte ihr ja nur zu. Zuhören war doch nicht verboten?

»Ich habe meinen Mann verlassen. Und ich habe fremde Männer berührt«, fuhr die Frau fort. »Als Erstes habe ich mein Kopftuch abgelegt und enge Blusen angezogen. Ich habe mich geschminkt.«

»Und Sie leben noch?« Malika konnte das Gehörte kaum fassen. Schon eine der Sünden reichte in den Augen mancher fundamentalistischer Muslime aus, die Frau zu töten.

»Anfangs bin ich untergetaucht, aber dann habe ich mich bewusst dazu entschlossen, an die Öffentlichkeit zu gehen und ein annähernd normales Leben zu führen. Ich war sogar Gast in Talkshows.«

»Aber das schützt Sie doch nicht?« Malika konnte nicht begreifen, dass diese Frau hier neben ihr saß und bei Pasta und Apfelsaft über diese Ungeheuerlichkeiten plauderte – völlig unbehelligt.

Sie sah sich scheu um. Wurden sie auch nicht belauscht?

Sie merkte, dass sie Angst hatte. Sich mit so einer Sünderin abzugeben, war verboten. In der vierten Sure stand: Das sind die, die Gott verflucht hat. Und wen Gott verflucht, für den wirst Du keinen Helfer finden.

»Einen hundertprozentigen Schutz gibt es nicht«, gab Ramira Yassin zu. »Ich habe wohl auch Glück gehabt. Mein Mann wird wegen seines radikalen Glaubens vom deutschen Verfassungsschutz beobachtet, aber unsere Kinder sind freiheitsliebend wie ich und haben sich ebenfalls der Bewegung angeschlossen.«

Diese Frau hatte Helfer gefunden, obwohl Gott sie bestimmt wegen ihrer Sünden verstoßen hatte. Und die Kinder hatten ihre abtrünnige Mutter nicht im Stich gelassen, sondern hatten sich ihr sogar angeschlossen.

»Welcher Bewegung?« Kaum hatte sie gefragt, hätte sie sich am liebsten auf die Zunge gebissen.

Die Frau tupfte sich ihren Mund mit der Serviette ab. »Unser Verein hilft muslimischen Frauen, die in Not sind.«

Malika sah Ramira Yassin verständnislos an.

»Frauen, die sich verstecken müssen, weil sie die Rache ihrer Brüder oder Cousins fürchten. Sie tauchen unter, um nicht getötet zu werden.«

»Meine Koranlehrerin Fatima musste auch sterben!« Malika sagte es, ohne nachzudenken.

»Fatima Ahmadi? Ich habe davon gehört. Ihr Bruder ist dafür verurteilt worden, oder?«

»Das macht Fatima auch nicht wieder lebendig!« Es war, als hätte Ramira Yassin ihr Leben eingehaucht. Malika fühlte auf einmal Hass auf den Mörder ihrer sanften Koranlehrerin, deren einziges Vergehen gewesen war, keinen schlechten Mann heiraten zu wollen. Einen Mann, der Mord und Totschlag predigte.

Ramira Yassin legte ihre Hand auf Malikas Arm.

»Ich weiß das, Malika, aber es ist schon sehr viel, dass ein solcher Täter in Deutschland verurteilt wird. Hätte er den Mord in einem islamischen Land begangen, wäre er vielleicht davongekommen.«

Die Stewardess kam, und sie schwiegen, bis sie die leeren Essensbehälter weggeräumt hatte.

»Möchten Sie noch etwas?«, fragte die Stewardess.

»Wasser, bitte«, antworteten Malika und ihre Nachbarin gleichzeitig. Malika lachte.

»Zwei Seelen, ein Gedanke! So ist das manchmal bei Mutter und Tochter!« Die Stewardess lächelte den beiden freundlich zu und gab ihnen zwei Becher Wasser.

»Wie kann sie uns für Mutter und Tochter halten?«, sagte Malika bitter, als die Stewardess weitergegangen war. »Wenn ich Ihre Tochter wäre, müsste ich doch nicht mein Haar verhüllen und bis zum Hals bedeckt sein!«

»Es könnte ja auch dein eigener Wille sein«, entgegnete die Frau.

»Gibt es das?«, fragte Malika ungläubig. »Mädchen, die sich freiwillig verhüllen, sich einengen?«

»Ja«, sagte Ramira Yassin und nickte langsam. »Es gibt viele Frauen, die überzeugt sind, sie dürften den Männern keinen Anlass geben, schlecht, also unkeusch, zu denken oder zu handeln.«

»Sind Sie auch der Meinung, dass die Männer selbst für ihre Gedanken und Taten verantwortlich sind?« Malika flüsterte beinahe. Niemand durfte diese frevlerische Frage hören.

Ramira Yassin sah die Angst des Mädchens. Sie nickte wieder.

»Ja, das bin ich!« Auch sie sprach jetzt leise. »Und ich finde es sehr schlimm, dass auch viele Frauen meinen, die ermordeten Mädchen und Frauen hätten den Tod verdient. Einige haben es mir selbst gesagt, als ich sie befragt habe. Ich arbeite als Journalistin, musst du wissen. Ich schreibe für unseren Verein und für eine große deutsche Zeitschrift. Mir wird wirklich übel, wenn Frauen der Meinung sind, die Opfer waren selbst schuld. Sie hätten eben den für sie vorgesehenen Mann heiraten müssen oder ihren schlechten Ehemann nicht verlassen dürfen. ›Man kann geliebt oder geschlagen werden, das war ihr Schicksal, und sie hätte es ertragen müssen‹, sagte mir die Mutter eines ermordeten Mädchens.«

Malika schwieg. Es war alles zu schlimm. Ihre Mutter hatte genau das Gleiche gesagt und dann eine Sure aus dem Koran zitiert.

Ihre Nachbarin trank einen Schluck Wasser. Sie sah Malika an.

»Soll ich weiterreden oder wird es dir zu viel?«

»Bitte reden Sie«, bat Malika leise. »Seitdem Fatima tot ist, habe ich nie wieder mit einer Frau offen reden können.«

Sie dachte kurz an Kuchida. Doch, ihr hatte sie ihre Angst vor dem Beschneiden offenbart, aber da stand ihr das Wasser auch bis zum Hals – sie hatte geglaubt, dass sie auch beschnitten werden sollte. Über den Mord an Fatima, den »Ehrenmord«, hatte sie mit niemandem geredet. Schon das Wort war absurd!

»Was möchtest du wissen?«

»Erzählen Sie mir etwas über Ehrenmorde!«

»Es gibt keinen ›Ehrenmord‹«, stellte Ramira Yassin klar. »Jemanden zu töten ist ein Verbrechen, meist aus niederen Beweggründen.« Das sagte sie mit einer Sicherheit, die Malika guttat. Trotzdem vergewisserte sie sich noch einmal: »Auch wenn die Frau oder das Mädchen gegen den Koran verstoßen haben?« Wieder legte Ramira Yassin ihre Hand auf den Arm des Mädchens. »Du weißt, dass der Koran ein heiliges Buch ist. Aber er ist vor vielen Jahren aufgeschrieben worden. Damals galten andere Regeln als heute, die Gesellschaft funktionierte nach anderen Gesetzen!«

Zweifle nie am Koran, hatte Fatima sie gelehrt.

»Weißt du, Malika, die sogenannte ›Ehre‹ einer Person, einer Familie, einer Gruppe oder sogar eines Landes wird als besonders hohes und schützenwertes Gut eingestuft. Diese Ehre gilt es zu wahren und zu verteidigen. Vor allem traditionsbewusste Menschen glauben, sie könnten das Recht in die eigene Hand nehmen. Aber sie haben unrecht. Die Verletzung dieser ›Ehre‹ kann nie ein Grund oder gar eine Entschuldigung dafür sein, jemanden zu töten.«

»Und warum geschieht es trotzdem immer wieder?«, fragte Malika.

Ramira Yassin strich sich eine Locke aus dem Gesicht und seufzte. »Wir haben eine strenge patriarchalische Kultur.«

»Eine strenge was?«

»Eine von Männern bestimmte Gesellschaft. Wenn ein Mädchen oder eine Frau etwas tut, was angeblich die Ehre verletzt, zum Beispiel der voreheliche Geschlechtsverkehr, dann wird oft die ganze Familie geächtet: Die anderen Frauen dürfen belästigt werden, die Männer werden gemobbt oder gar zusammengeschlagen. Das geschieht so lange, bis der psychische und physische Leidensdruck der Familie so groß wird, dass sie die betreffende Frau oder das Mädchen doch umbringen. Oder sie beauftragen jemanden, es zu tun. Dieser ›Ehrendruck‹ soll für eine ›intakte‹ Sexualmoral sorgen.«

Sie sah das Mädchen neben sich an. »Es ist grotesk, aber schon Händchenhalten oder das Schreiben von Liebesbriefen gelten als Schande.«

Dann habe ich ja auch schon die Ehre meiner Familie verletzt, dachte Malika. Doch sie bereute nichts. Sie hatte ja gewusst, dass sie etwas Unrechtes tat. Und wenn Händchenhalten schon eine Ehrverletzung darstellte, dann waren ihre Küsse natürlich eine Schande – eine Schande hoch drei.

Als hätte Ramira Yassin ihre Gedanken gelesen, sagte sie: »Du musst sehr vorsichtig sein.«

»Statt zu leben müssen wir vorsichtig sein! Welche Rechte haben wir muslimischen Frauen eigentlich?« Malikas Stimme klang bitter.

Gar keine, wollte Ramira sagen, aber sie wollte dem Mädchen lieber Hoffnung machen.

»Wenn du einmal Hilfe brauchst, wende dich an unseren Verein. Wir sorgen dafür, dass dir geholfen wird.« Sie dachte an die vielen Frauenhäuser, in die Frauen und Mädchen flüchten konnten, um sicher zu sein, und an die zahlreichen Gruppen, die diesen Opfern zur Seite standen.

Oft half nur ein völliges Untertauchen.

»Ist es für Sie nicht gefährlich, nach Marokko zu reisen?«, fragte Malika.

Ramira Yassin nickte. »Ich muss tatsächlich auf der Hut sein. Aber keine Angst, bevor ich aus dem Flugzeug steige, ziehe ich eine Burka über. Ich bin keine Selbstmörderin. Und in diesem Fall heiligt der Zweck die Mittel.«

»Welcher Zweck?«

»Ich suche ein Mädchen, das nicht aus Marokko zurückgekommen ist. Wir vermuten, dass sie mit Gewalt zurückgehalten wurde. Aber sie hat einen deutschen Pass.«

»Den habe ich auch«, sagte Malika.

»Pass gut darauf auf!« Die Frau sah sie eindringlich an. »Pass gut darauf auf, und erkundige dich am besten gleich, wo die deutsche Botschaft ist.«

Vor dem Anflug auf den Flughafen in Agadir verschwand Malikas Sitznachbarin in der Toilette und wenige Minuten später setzte sich eine Frau in einer Burka neben sie. Für einen Moment wich Malika erschrocken zur Seite, aber die warme Stimme Ramira Yassins beruhigte sie gleich wieder.

»Keine Angst, ich bin es.« Sie beugte sich zu Malika hinüber und flüsterte: »Siehst du, sogar dich erschreckt diese Vermummung. Wie soll es da erst Nichtmuslimen gehen?«

Sie seufzte. »Und von der eigenen Persönlichkeit bleibt praktisch nichts zurück – jedenfalls auf den ersten Blick.«

Malika sah die Frau an. Stimmt, dachte sie. Das schwarze Gewand, das nur die Augen frei ließ, machte den Menschen zu einem Neutrum. Aber die Augen, ja, die erkannte sie: blitzend und voller Kraft und Mut.

Sie hatte mit ihrer Mutter im Fernsehen Bilder aus Afghanistan gesehen. Die Taliban, die einstige Terrorregierung dort, hatte allen Frauen befohlen, sich von Kopf bis Fuß zu verhüllen. Die meist blauen, bodenlangen Gewänder hatten vor dem Gesicht ein Stoffgitter.

»Schrecklich«, hatte Malika zu ihrer Mutter gesagt.

»Es ist zum Schutz der Frauen«, hatte Mutter diesen Erlass der Männer verteidigt. »Unter der Burka sind sie sicher.«

»Vor wem?«, hatte Malika gefragt.

Ihre Mutter hatte ihr keine Antwort gegeben.

»Wir verabschieden uns hier«, sagte Ramira Yassin. »Denk daran, pass auf deinen Ausweis auf, und ruf mich an oder simse mir, wenn du Hilfe brauchst.« Sie steckte ihr ein kleines Päckchen zu. »Mach es auf, wenn du in Not bist!« Das Päckchen war nicht viel größer als ein Buch und fühlte sich weich an. »Manchmal ist es gut, unsichtbar zu sein«, fügte sie noch geheimnisvoll hinzu.

Unsichtbar? Was meint sie damit? Und wieso denkt sie, dass ich ihre Hilfe brauche?, überlegte Malika, aber sie sagte nur: »Danke! Und ich hoffe, dass Sie das Mädchen finden und sie in Sicherheit bringen können.«

Die Frau nickte. Dann zog sie aus einer Tasche des Gewandes eine kleine Ausgabe des Korans hervor und vertiefte sich darin.

Die Stewardess, die die Sicherheitsgurte kontrollierte, stutzte einen Augenblick, als ihr Blick auf die verschleierte Frau neben Malika fiel. Fragend sah sie das Mädchen an, aber Malika zuckte nur mit den Schultern, als wollte sie sagen: Tja, muss wohl so sein. Die Stewardess nickte. Sie hatte schon öfter erlebt, dass Marokkanerinnen ihr Haar mit einem Kopftuch verhüllten, bevor sie auf dem Flughafen ihre Familie begrüßten, aber eine Burka? Doch das war nicht ihre Angelegenheit. Bei der Passkontrolle mussten die Frauen die Burka sowieso hochheben, meistens vor einer Frau vom Zoll in einem abgetrennten Raum. Dort gab es dann auch eine Körperkontrolle.

Malika verlor Ramira aus den Augen. Bei der Passkontrolle musterte der Mann in Uniform Malika nur kurz. Dann machte er eine Handbewegung, dass sie weitergehen konnte. Sie hatte nur eine Reisetasche bei sich und zog sie hinter sich her. Suchend schaute sie sich um. Da fiel ihr Blick auch schon auf Onkel Mohammed El Zhar und seinen Sohn Rashid. Wohlgefällig betrachtete Onkel Mohammed das Mädchen. Sie sah sehr blass aus, aber die Novemberluft in seinem Haus am Meer würde ihr guttun. Und sie konnte Kuchida ein wenig zur Hand gehen. Alles andere würde sich ergeben.

Später konnte Malika sich nicht mehr erinnern, wie es passiert war. Sie stolperte über einen Koffer, den jemand ungeschickt hinter sich herzog, und verlor das Gleichgewicht. Beim Fallen schlug sie mit dem Kopf auf den Gepäckwagen eines anderen Fahrgastes auf. Ein greller Schmerz durchzuckte sie und dann sackte sie in ein großes schwarzes Loch.

Sie hatte keine Ahnung, wie lange sie bewusstlos gewesen war. Erst im Krankenhaus von Agadir öffnete sie wieder die Augen. Eine unbekannte Frau in einem weißen Kittel saß an ihrem Bett. In Malikas Arm war eine Kanüle und ein Schlauch führte zu einem tickenden Kasten an der Wand. Ein anderer Schlauch war mit einem Plastiksack verbunden, der an einem Ständer neben ihrem Bett hing. Sie wollte sprechen, aber aus ihrem Mund kam nur ein eigenartiges röchelndes Geräusch. Die Frau hatte es trotzdem gehört.

»Hallo«, sagte sie, »da bist du ja wieder!« Sie lächelte sie freundlich an. »Du liegst im Krankenhaus, Malika. Du hast dich am Kopf verletzt.« Sie reichte Malika einen Becher Wasser. Malika trank einen Schluck. Danach klang ihre Stimme wieder normal.

»Verletzt?«

»Du bist auf dem Flughafen gestolpert und dabei sehr unglücklich gestürzt.«

»Flughafen?«

Die Schwester stutzte. »Kannst du dich nicht erinnern?«

Malika schüttelte den Kopf. Das tat weh und sie verzog ihr Gesicht.

»Ich rufe den Arzt. Du hast eine Gehirnerschütterung.

Dein Onkel hat dich gleich zu uns ins Krankenhaus gebracht.«

»Mein Onkel?«

Malika hatte keine Ahnung, wovon die Frau sprach. Sie hatte sie Malika genannt, also war das wohl ihr Name. Aber auch das vermutete sie nur.

»Heiße ich Malika?«

»Ja! Warum fragst du mich das?«

»Weil Sie mich so genannt haben.«

»Schließ die Augen, Malika, und entspann dich. Alles wird gut!«

Die Schwester drückte sanft Malikas Hand. Dann verließ sie den Raum und lief, so schnell sie konnte, ins Ärztezimmer.

»Malika Diba ist wieder bei Bewusstsein!«

»Das ist ja eine gute Nachricht«, sagte der Neurologe und Internist Doktor Roul Houssini.

»Aber sie kann sich an nichts erinnern, nicht einmal an ihren Namen.«

Die folgende Untersuchung dauerte eine Stunde. Zum Schluss wurde Malikas Kopf noch geröntgt. Ganz langsam musste sie mit ihrem Kopf in eine Art Backröhre, ihr Körper lag festgeschnürt auf einer Trage.

»Nicht bewegen«, hatte der Arzt gesagt.

Malika hatte die Augen geschlossen und versuchte, eines der Bilder festzuhalten, die durch ihren Kopf schwirrten, aber sie waren nur schemenhaft, keines blieb.

Als Malikas Onkel kam, nahm der Arzt ihn zur Seite. »Es ist wohl doch schlimmer, als wir gedacht haben. Ihre Nichte hat eine Amnesie.«

»Oh«, sagte Mohammed El Zhar. »Wie lange kann das dauern?«

Doktor Houssini zuckte die Schultern. »Ein, zwei Tage, vielleicht auch eine Woche. Auf jeden Fall muss sie sich schonen. Kann sie das bei Ihnen?«

Mohammed El Zhar nickte. Als Erstes hatte er eine ältere Frau aus dem Dorf angestellt, damit sie Kuchida bei der Pflege seiner Frau helfen konnte, jetzt, wo Malika selbst als Helferin ausfiel.

»Natürlich kann sie sich bei uns schonen. Unser Haus liegt direkt am Meer. Sie wird schnell wieder die Alte sein.«

Malika erkannte ihren Onkel nicht. Es war ihr unangenehm, dass er sie auf beide Wangen küsste. »Du hast uns Sorgen gemacht«, sagte er. Mit einem Rollstuhl fuhr ein Pfleger Malika zum Auto ihres Onkels und half ihr beim Einsteigen.

Als ihr Onkel losfuhr, fühlte Malika eine leichte Übelkeit aufsteigen, aber sie unterdrückte den Brechreiz.

»Ich habe deine Eltern benachrichtigt. Sie lassen dich grüßen. Heute Abend werden sie dich anrufen.«

Malika schwieg.

»Du erinnerst dich doch an deine Eltern?«

»Nein«, sagte Malika zögernd. »Wo wohnen sie? Warum sind sie nicht gekommen, um mich abzuholen?«

»Sie wohnen in Deutschland. Du bist zu uns nach Marokko geflogen, weil du dich von einer schlimmen Grippe erholen solltest. Und außerdem hatten wir gedacht, du könntest deiner Cousine Kuchida bei der Pflege ihrer Mutter zur Hand gehen.«

Er sagte das alles mit einem leichten Vorwurf.

Malika fühlte, dass sie darauf etwas Entschuldigendes erwidern musste. »Es tut mir leid«, entgegnete sie teilnahmslos und sah einem blonden Mädchen hinterher, das sie an jemanden erinnerte. An wen?

»Es ist nicht deine Schuld«, sagte ihr Onkel begütigend. Und er zitierte: »Oh ihr, die ihr glaubt, kehrt zu Gott um in aufrichtiger Umkehr. Möge Gott euch eure Missetaten sühnen und euch in Gärten eingehen lassen, unter denen Bäche fließen, am Tag, da Gott den Propheten und die, die mit ihm gläubig sind, nicht zuschanden macht! Ihr Licht eilt vor ihnen und zu ihrer Rechten her.«

»Ich verstehe dich nicht«, sagte Malika hilflos. »Was meinst du damit?«

Mohammed El Zhar erkannte, dass der Gedächtnisverlust seiner Nichte schlimmer war, als er befürchtet hatte. Sie, die den Koran so gut kannte, verstand ihn nicht? Aber Allahs Wege waren geheimnisvoll. Vielleicht lag in ihrer Amnesie auch eine Chance?

Kapitel 8

Kuchida führte sie in ihr Zimmer. »Kannst du dich wirklich nicht an uns erinnern?« Es fiel ihr schwer zu glauben, dass Malika alles vergessen hatte. Gerade sie, Kuchida, hatte doch einen guten Draht zu ihrer Cousine gehabt. Sie war so ängstlich gewesen und Kuchida hatte sie beruhigen können. Es musste sehr schlimm sein, wenn man sich sogar an den Koran nicht mehr erinnern konnte. Ihr Vater hatte das erzählt.

Ihre Mutter hatte wie zur Beschwörung einige Verse gemurmelt und hinzugefügt: »Wie kann eine gute Muslimin den Koran vergessen?«

»Doch nicht für immer, Frau«, hatte ihr Mann gesagt, »es ist eine vorübergehende Amnesie. Sie braucht Ruhe. Allah weiß, was geschehen soll.«

»Kannst du deine Tasche allein auspacken?«

Malikas Reisetasche stand in ihrem Zimmer.

Malika nickte. »Ja, natürlich!«

»Dann lasse ich dich jetzt allein. Du brauchst Ruhe, hat der Arzt gesagt. Vielleicht kommt durch das heilige Buch deine Erinnerung zurück!«

Leise schloss Kuchida die Tür.

Malika setzte sich auf das Bett. Es war eine aus Schilfgras

geflochtene Liege mit einem Laken und einer Decke darauf. Im Raum war es warm. Sie öffnete die Fensterläden und konnte einen Ausdruck des Entzückens nicht unterdrücken. Vor ihr breitete sich ein schmaler, feiner Sandstrand aus und dahinter leuchtete das Meer blau und verlockend wie eine Fata Morgana. Neben dem Fenster führte eine gläserne Tür, die mit einem dunkelroten Tuch verhängt war, auf eine kleine Terrasse. Sie öffnete die Tür und atmete tief ein. Die Luft schmeckte nach Salz und es war trotz der fortgeschrittenen Tageszeit noch immer warm. Eine Wärme, die tief in Malika eindrang. Gott, was war das schön!

Sie ging zurück in ihr Zimmer und packte die Reisetasche aus. Auf ihrem Handy fand sie ein paar Nachrichten, die bereits einige Tage alt waren. Doch die Absender sagten ihr nichts. Wer war Elena? Und ein Tobias hatte schon einige Male gesimst: *Wie geht es dir? Warum meldest du dich nicht?* Was sollte sie diesen Fremden antworten?

Später, dachte sie, später.

In der Tasche waren noch ein paar Kleider, passende Kopftücher, Unterwäsche und ganz unten entdeckte sie einen Badeanzug mit verspielten Rüschen und Blümchen. War das tatsächlich ihrer? Sie konnte sich nicht erinnern, aber wenn sie einen Badeanzug eingepackt hatte, hieß das ja wohl, dass sie schwimmen konnte.

Da war auch ein kleines Päckchen, sie würde es später öffnen.

Sie hängte den grauen Mantel und die Kleider in den Schrank, legte die Unterwäsche und das Päckchen in die Fächer. In einer Seitentasche fand sie auch den Koran. Darin lag eine Visitenkarte mit dem Namen einer Frau: Ramira Yassin. Achselzuckend legte sie sie wieder in das heilige Buch. Sie las ein paar Verse, aber sie sagten ihr nichts. Im Gegenteil, sie weckten einen großen Widerwillen in ihr. Wieder sah sie den Badeanzug an. Passte er ihr überhaupt? Er wirkte so kindlich. Sie vergewisserte sich, dass niemand sie sah, zog sich aus und schlüpfte in den Badeanzug. Ja, er passte ihr. Sie konnte sich nicht erinnern, ihn je getragen zu haben, er sah auch so neu aus.

Was soll's, dachte Malika, ich habe ihn dabei, und das Meer liegt vor meiner Tür. Gab es eine bessere Entspannung als zu baden, sich im Wasser treiben zu lassen?

Kurz entschlossen trat sie vor die Tür und lief über den Sand. Er war warm. Am Wasser blieb sie stehen, steckte erst ihren Fuß in die kleinen Wellen, die am Strand wie schäumende Zungen an ihren Zehen leckten. Auch das Wasser war warm. Sie holte tief Luft und lief weiter, ließ sich fallen und schwamm. Das warme Wasser umschloss ihren Körper, machte ihn leicht. Sie legte sich auf den Rücken, schloss die Augen, bewegte nur ein wenig die Hände und Füße, um fast bewegungslos zu treiben. Vielleicht stimmte es nicht, aber sie hatte das Gefühl, schon lange nicht mehr so glücklich gewesen zu sein. War das tatsächlich so? Sie betrachtete ihre Beine. Wie lang und dünn sie waren. Und blass. Die hatten bestimmt noch nicht viel Sonne gesehen. War sie denn in Deutschland nie schwimmen gewesen? Ihre Eltern wollten heute Abend anrufen, da konnte sie sie fragen.

Eigenartig, dachte Malika, dass es mich gar nicht weiter

beunruhigt, dass ich mich kaum erinnern kann. Die schemenhaften Bilder im Krankenhaus waren verschwunden. Ihr war, als genoss auch ihr Kopf die absolute Ruhe. Wenn man nicht nachdenken musste, konnte man sich auch keine Sorgen machen. Hatte sie denn im wirklichen Leben Sorgen? In dem Leben, in dem sie alles wusste und sich an alles erinnerte? Ihr Onkel schien ganz nett zu sein, ebenso seine Tochter Kuchida. Rashid, ihr Bruder, hatte sie neugierig gemustert, und sie hatte sich abgewandt. Seine Blicke waren ihr unangenehm.

Sie schob den Gedanken an Rashid zur Seite. Sie wollte das Hier und Jetzt genießen.

Ihr Onkel hatte ihr erzählt, dass sie sich hier von einer Grippe erholen sollte. Wohlig ließ sie ihre Finger durch das klare Wasser gleiten. Es war herrlich, sich zu schonen, nichts anderes zu tun, als zu sein. Sie blinzelte zum Strand. Die Strömung hatte sie ein Stück weit abgetrieben. Das weiß-blaue Haus ihres Onkels wirkte von hier aus recht klein. Am Strand stand eine Frau und winkte ihr. Wahrscheinlich sollte sie nicht so weit hinausschwimmen. Jetzt hörte sie sie sogar rufen und die Armbewegungen wurden heftiger. Malika kniff die Augen zusammen. War es Kuchida, die da mit einem großen weißen Handtuch wedelte? Auch am Haus glaubte sie jemanden zu sehen. Ihr Onkel? Ein unbehagliches Gefühl beschlich sie. Tat sie etwas Verkehrtes? Gab es hier gefährliche Strömungen? Sie schloss die Augen. Bloß keine Panik! Sie schwamm langsam und mit ausholenden Armbewegungen zurück.

Die Frau am Strand war tatsächlich Kuchida.

Bestimmt hatte sie sich Sorgen gemacht. Sie konnte ja nicht wissen, dass Malika eine gute Schwimmerin war. Vor einer Stunde hatte sie selbst das ja auch noch nicht gewusst.

Kuchida kam ihr im Wasser mit einem großen Handtuch entgegen. Ihr langes Kleid wurde nass. Malika stand auf. Das Wasser reichte ihr noch bis zur Taille.

»Gott, war das herrlich! Du brauchst dir keine Sorgen zu machen, ich kann wirklich gut schwimmen!«

Erst jetzt sah sie Kuchidas Gesicht. Mit einem Ausdruck von ungläubigem Entsetzen und sogar Abscheu sah sie ihre Cousine aus Deutschland an.

Wortlos legte sie ihr das große Badelaken um.

»Komm!«, sagte sie und schob sie zum Strand.

Rashid stand vor dem Haus und rauchte eine Zigarette.

»Verschwinde«, rief Kuchida ihrem Bruder zu.

Der zuckte die Schultern, grinste und ging ins Haus.

Erst in ihrem Zimmer machte Kuchida ihrer Empörung Luft.

»Wie konntest du nur?! Hast du denn wirklich alles vergessen?«

»Was? Ich sagte doch, dass ich gut schwimmen kann. Als ich den Badeanzug in meiner Reisetasche fand, dachte ich, ich probiere es mal aus!«

»Das ist ein Badeanzug für ein Kind! Du bist ein junges Mädchen! Meine Familie und mein Verlobter würden rasen, wenn ich mich so unbekleidet zeigen würde.«

»Unbekleidet? Ich hatte einen Badeanzug an!« Malika wusste selbst nicht, warum sie so wütend wurde. Es war, als wären die Worte lange zurückgehalten worden und müssten endlich heraus. »Du tust ja gerade so, als hätte ich etwas Schlimmes getan! Ich bin nur geschwommen! Und ich habe es genossen!«

»Mein Bruder hat dich gesehen!«, sagte Kuchida kurz.

»Na und? Er wird doch schon mehr Frauen im Badeanzug gesehen haben?«

»Genug«, brach ihre Cousine das Gespräch ab. »Ich bin froh, dass Vater in der Moschee ist und Mutter vor dem Fernseher sitzt. Also erwähne das Ganze bitte nicht beim Essen.«

An der Tür drehte sie sich noch einmal um. »Und setz bitte ein Kopftuch auf. Rashid wird mit uns essen.«

Die gemeinsame Mahlzeit verlief fast schweigend. Nur Mohammed El Zhar sagte hin und wieder etwas zu seinem Sohn. Malika spürte, wie die Männer sie ansahen, und hielt ihren Blick gesenkt. Sie wusste, dass sie sich so verhalten musste. War das ein Zeichen dafür, dass die Erinnerung zurückkam?

Ihr Onkel rülpste und winkte seiner Tochter. Kuchida sprang auf, um den Tee und die Wasserpfeife zu holen.

»Du hast etwas Farbe bekommen, Malika«, sagte er dann.

»Ich war am Strand!« Sie merkte, dass sie rot wurde. »Der Wind tat mir gut.«

Ihr Onkel nickte bedächtig.

»Ich wusste es!« Und er zitierte: »Und Er ist es, der die Winde als frohe Kunde seiner Barmherzigkeit vorausschickt. Wenn sie dann eine schwere Bewölkung herbeitragen, treiben Wir sie zu einem abgestorbenen Land, senden dadurch das Wasser hernieder und bringen dadurch allerlei Früchte hervor.«

»Gelobt sei Allah«, sagte Tante Tawfika.

Malika nahm all ihren Mut zusammen.

»Darf ich dich etwas fragen, Onkel?«

»Natürlich, Kind!«

»Was bedeutet dieser Vers? Ich verstehe ihn nicht!«

Kuchida verschluckte sich an ihrem Tee. Wusste ihre Cousine nicht einmal mehr, dass man eine Sure in sich aufnehmen musste und Allah das Verstehen zu seiner Zeit schenkte?

Aber ihr Vater war großmütig. Seine Nichte hatte ihr Gedächtnis verloren. Es war wichtig, dass sie die Allmacht fühlte.

»Du sagtest, der Wind tat dir gut. Nun, in dieser Sure sprach Allah zu Mohammed, dass das abgestorbene Land wieder Leben hervorbringen und Gott die Toten wieder zum Leben erwecken wird. Man könnte auch sagen, dass durch das Wasser die abgestorbenen Knochen wieder zu neuem Leben erweckt werden.«

»Genau so fühlte ich mich«, sagte Malika. »Auch wenn meine Knochen nicht abgestorben waren.«

Sie fing Kuchidas warnenden Blick auf. Nein, sie würde nichts über das Schwimmen sagen.

»Allah ist groß«, murmelte ihre Tante.

Das Telefon schrillte. Kuchida brachte ihrem Vater den Hörer. Er begrüßte Malikas Vater. Sie wechselten einige Höflichkeiten, dann gab er das Telefon an Malika weiter.

Sie wäre gerne aufgestanden, um ungestört mit ihrem Vater sprechen zu können, aber die neugierigen Blicke der Familie El Zhar hielten sie an ihrem Platz fest. Außerdem hatte Onkel Mohammed den Lautsprecher eingeschaltet. Sie konnten alle jedes Wort mithören. War das so üblich?

»Wie geht es dir, Tochter? Du hast uns Sorgen bereitet!«

»Das tut mir leid!«

Warum entschuldigte sie sich für ihren Unfall, warum sprach sie so untertänig? Es war, als würde ein Automatismus in Gang gesetzt.

»Dein Onkel sagte, du hättest dein Gedächtnis verloren. Aber jetzt hast du es wieder? Erinnerst du dich an uns?«

Nein, sie wusste nicht, wie der Mann in Deutschland war. Liebte sie ihren Vater? War er ein liebevoller Vater? Er hatte sie zur Erholung hierher geschickt. Warum fühlte sie sich bei seinen Worten so eigenartig beklommen?

Sie schluckte, setzte sich gerade hin.

»Nein«, erwiderte sie, »ich habe keine Erinnerung an euch. Ich habe gehört, dass ich zwei Brüder habe, aber ich habe ihr Bild nicht vor Augen.«

»Der Arzt sagte, du wirst dich erinnern, wenn du zur Ruhe kommst. Allah wird dich führen.« Und im gleichen Ton wie ihr Onkel zitierte er einen Vers aus dem Koran:

»Oder sie sind wie Finsternisse in einem tiefen Meer, das von einer Woge überdeckt ist, über der eine Woge liegt, über der wiederum eine Wolke liegt: Finsternisse, eine über der anderen. Wenn er seine Hand ausstreckt, kann er sie kaum sehen. Und wem Gott kein Licht verschafft, für den gibt es kein Licht.«

Wieder diese verschachtelten Sätze und unverständlichen Formulierungen. Was sollte sie darauf entgegnen? Sie begriff nur, dass ihr Vater ihren Gedächtnisverlust offenbar als Finsternis ansah. Eine Finsternis in ihrem Kopf. Gott musste ihr das Licht, also die Erinnerung, zurückgeben. Aber warum hatte er sie ihr überhaupt genommen? Sie war unglücklich gefallen, aber wenn Gott für alles verantwortlich war, dann doch auch für ihren Unfall? Und dafür, dass sie sich vielleicht nie wieder würde erinnern können? Angst stieg in ihr hoch. Wem Gott kein Licht verschafft, für den gibt es kein Licht! Und doch war sie beim Schwimmen so glücklich gewesen, auch ohne jede Erinnerung. Oder war es möglich, dass sie gerade deswegen so glücklich gewesen war, weil sie sich nicht erinnerte?

»Lies im heiligen Buch, Malika«, fuhr ihr Vater fort. »Deine Mutter will dich noch sprechen.«

Die Stimme ihrer Mutter klang, als würde sie ein Weinen unterdrücken.

»Oh, Kind, ich habe mir solche Sorgen gemacht.«

»Das tut mir leid«, wiederholte Malika mechanisch.

»Allah prüft uns und wir müssen dafür dankbar sein«, sagte ihre Mutter. Ihre Stimme klang überhaupt nicht dankbar. »Erst Abdul, dein Bruder, und jetzt du.«

»Hat mein Bruder auch sein Gedächtnis verloren?«, fragte Malika überrascht.

»Nein, er …« Sie brach ab, als dürfte sie über das, was mit Abdul geschehen war, nicht reden.

»Allahs Wege sind unergründlich«, fügte sie abschließend hinzu.

Malika war genervt. Warum fragte ihre Mutter nicht, wie sie sich fühlte? Oder war das überhaupt nicht wichtig? Ging es nur um Allah? Sie hatte sie außerdem fragen wollen, ob sie zu Hause in Deutschland auch schwimmen ging, aber jetzt ließ sie es. Ihr Onkel, ihre Tante, Kuchida und Rashid folgten aufmerksam ihrem Gespräch.

»Wie geht es Tante Tawfika?«, fragte ihre Mutter.

Malika sah zu ihrer Tante hinüber.

»Ich gebe sie dir. Dann kannst du sie selbst fragen. Ich möchte mich jetzt hinlegen.«

Das war wahrscheinlich eine unhöfliche Art, das Gespräch zu beenden. Sie sah es an dem kurzen Blick, den Kuchida ihr zuwarf. Egal, sie hatte sich so viel mehr erwartet von einem Gespräch mit ihren Eltern. Sie hatte auch gehofft, dass mit den Stimmen die Erinnerung an die Gesichter kommen würde.

Außerdem war sie müde.

In ihrem Zimmer empfing sie ein Summton. Woher kam er? Ihr Handy leuchtete auf. Sie hatte eine neue Nachricht erhalten.

Was ist mit dir los? Bin total durcheinander. Melde dich bitte. Tobias. Hinter dem Namen Tobias stand ein Herz.

War Tobias ihr Freund? Es wurde vielleicht Zeit, dass sie ihm antwortete. Also simste sie zurück: *Ich bin gefallen. Ärzte sagen, ich habe eine Amnesie. Bedeutet Gedächtnisverlust. Sorry, aber ich kann mich wirklich nicht erinnern. An nichts und niemanden. Ist echt blöde. Soll aber bald wieder besser werden. Malika.*

Und weil sie vermutete, dass Elena eine gute Freundin von ihr war und deshalb auch eine Antwort verdiente, schickte sie den gleichen Text an sie.

Sie dachte noch kurz darüber nach, wieso sie keine Schwierigkeiten hatte, mit ihrem Handy umzugehen. Die Amnesie kann ja nicht allzu schlimm sein, dachte sie. Wenn es sich wirklich um einen schweren Fall von Gedächtnisverlust handeln würde, dann könnte ich mit meinem Handy doch bestimmt nichts anfangen!

Sie suchte im Menü nach weiteren interessanten Funktionen. Mal sehen, was bei den Fotos abgespeichert war. Ein gut aussehender blonder Junge grinste sie an. Auf einem anderen Foto schnitt er eine Grimasse und auf dem letzten formte er seine Lippen zu einem Kussmund.

Das musste Tobias sein! Auch von Elena fand sie einige Fotos. Sie vermutete jedenfalls, dass es Elena war. Sie sah klasse aus. Sie ähnelte dem blonden Mädchen, das sie aus dem Auto ihres Onkels auf der Fahrt vom Krankenhaus zu seinem Haus gesehen hatte. Elena vermisste sie, hatte sie gesimst.

Malika hatte nicht geantwortet. Erst das Gespräch mit ihren Eltern hatte in ihr den Wunsch geweckt, mehr über ihr Leben in Deutschland zu erfahren. Gleichzeitig hatte sie Angst davor. Und sie wusste nicht, warum.

Bevor sie ins Bett ging, öffnete sie wieder die Fensterläden. Ein feines Metallgitter hielt unerwünschte Insekten fern. Als sie das Licht ausschaltete, konnte sie von ihrem Bett aus direkt in den Himmel sehen. Die Sterne schienen zum

Greifen nah. Ob sie mit Tobias auch die Sterne betrachtet hatte? Ob er jetzt an sie dachte? Sie wünschte sich, mehr über ihn und ihre Beziehung zu wissen. Wie er wohl auf ihre SMS reagieren würde?

In der Nacht träumte sie von dem Jungen, der Tobias hieß. Sie saßen Hand in Hand und sie spürte seine Nähe. Irgendwann küsste er sie. Dann liefen sie am Strand entlang, er spritzte sie nass und sie lief ihm lachend davon. Er folgte ihr. Sie stolperte und er ließ sich auf sie fallen. Sein Kuss erregte sie. Sie hielt ihn mit beiden Armen fest, schmeckte das Salz auf seiner Haut. Und dann, plötzlich, entglitt er ihr. Sie wollte nach ihm greifen, ihn festhalten, aber ihre Hände griffen ins Leere.

Erschreckt fuhr sie hoch. Es war nur ein Traum gewesen, aber er wirkte so realistisch. Hatte Tobias sie wirklich geküsst? Malika ahnte, dass dieser Traum keine Wunschvorstellung war, sondern ein Stück Erinnerung.

Sie ließ sich auf ihr Bett zurückfallen und rief das warme Gefühl wieder zurück, das sie in seinen Armen gehabt hatte. Sie hatte nicht gewusst, dass sie das konnte: ein Gefühl wieder zum Leben zu erwecken, das ihr beinahe entglitten war.

Ob ihr das auch mit Elena gelang? Sie hatte jetzt ihr Bild vor Augen. Ganz fest konzentrierte sie sich darauf. Und ja, sie sah sich selbst geschminkt und mit offenen Haaren ausgelassen mit Elena tanzen. Malika erinnerte sich an das Gefühl, frei und glücklich zu sein.

Das, was sie gesehen und gespürt hatte, war kein Traum und auch nicht die Wirklichkeit, aber es war wahr.

Mit einem wohligen Seufzer kuschelte sie sich in ihr Kissen und schlief wieder ein.

Kuchida fasste sie an ihre Schulter und weckte sie.

»Willst du mit mir und Mutter in die Moschee?«

Wollte sie das? Nein, eigentlich nicht, aber ein verschlafener Blick in Kuchidas Gesicht sagte ihr, dass es besser sei, mitzugehen.

»Ja, natürlich!«

Kuchida schob den Rollstuhl ihrer Mutter, Malika ging neben ihr her.

»Hast du gut geschlafen?«, fragte ihre Cousine. »Du wirkst so versonnen.«

»Ja«, sagte Malika. »Ich habe herrlich geträumt. Alles war so leicht und warm.«

Kuchida lächelte freundlich und zitierte aus dem Koran: »Da erretteten Wir dich aus dem Kummer, und Wir unterzogen dich einer harten Versuchung.«

Malika zuckte mit den Schultern.

»Wenn Gott für alles verantwortlich ist, brauchen wir selbst uns ja keine Mühe zu geben.« Und leiser, sodass ihre Tante sie nicht hören konnte, fügte sie noch hinzu: »Dann hat Er mich doch auch gestern ins Wasser gelockt.«

Kuchida schüttelte den Kopf. »Ach, du armes Schäfchen! Du bist wirklich vom Weg abgekommen. Hör mir zu: ›Das ist der Satan. Er will euch vor seinen Freunden Angst machen. Habt keine Angst vor ihnen, Mich sollt ihr fürchten, so ihr gläubig seid.‹«

Malika schluckte ihre Antwort hinunter.

Als sie bei der Moschee ankamen, gingen sie in einen kleinen Raum, der etwas abseits lag. Nur den Männern war es gestattet, die Moschee selbst, das Haus Allahs, zu betreten.

»Warum dürfen wir nicht in die Moschee?«, fragte sie leise Kuchida.

»Weil wir Frauen sind.«

Später las Malika im Koran. Sie suchte nach einer Stelle, in der den Frauen der Zugang zur Moschee verwehrt wurde. Aber sie fand nichts.

Kuchida hatte sie ermahnt: »Zweifle nicht an unserem heiligen Buch. Was du nicht verstehst, nimm als gegeben hin. Es ist besser, die Worte in sich aufzunehmen, als alles zu hinterfragen.« Und nach einem langen Seufzer fügte sie noch hinzu: »Du hattest so eine gute Koranlehrerin, du hast in deiner Schule in Deutschland sogar einen Vortrag über den Koran gehalten. Du bist eine gläubige Muslima, Malika!«

Warum zweifelte sie selbst daran? Konnte es sein, dass durch die Amnesie etwas Neues, Unbekanntes in ihrer Persönlichkeit wachgerufen worden war? So, als sei die Tür zu ihrer Erinnerung noch verschlossen, eine andere Tür aber dafür aufgegangen, durch die sie die Freiheit sah. Freiheit wovon?

Wenn Kuchida sagte, Malika sei eine gläubige Muslima, so war das wohl so. Umso mehr überraschte es Malika, dass sie den Koran nur mit Widerwillen las. Sie begriff so vieles nicht, und die Worte nur auf sich einwirken zu lassen, war ihr nicht genug – dadurch bekam sie keine Antwort auf ihre Fragen.

»Wenn Allah es will, wird er dich erleuchten«, hatte Kuchida zu ihr gesagt.

Damit Malika sich nicht allzu unnütz vorkam, gab sie ihr eine große Schüssel mit Rinderhackfleisch. Daneben legte sie ein Kochbuch. »Das Gericht kannst du für heute Abend vorbereiten. Und wenn du wieder schwimmen möchtest: Ich habe dir ein Badekleid mit passendem Tuch auf dein Bett gelegt. Natürlich ist es gut, wenn du dich entspannst«, fügte sie noch hinzu.

Eifrig vermengte Malika das Hackfleisch mit Ei, eingeweichtem weißen Brot und verschiedenen Kräutern. Nachdem sie alles durchgeknetet hatte, formte sie kleine runde Bällchen. Die Aussicht, wieder schwimmen zu gehen, beflügelte sie. Wie nett von Kuchida, dass sie ihr einen passenden Badeanzug besorgt hatte. Der andere war ja wirklich etwas knapp gewesen.

Gründlich wusch sie sich die Hände und ging dann in ihr Zimmer. Auf dem Bett lagen eine lange schwarze Hose und ein schwarzes Kleid mit langen Ärmeln. Beides war aus einem dünnen Baumwollstoff. Das konnte doch nicht wahr sein, darin sollte sie schwimmen? Das sollte ein Badeanzug sein? Nein, Kuchida hatte von einem Badekleid gesprochen. Diese Vermummung war also ein passendes Outfit für ein marokkanisches Mädchen. Kein Wunder, dass Kuchida nicht schwamm.

Ich probiere es mal an, dachte Malika. Schließlich wollte sie keinen Ärger.

Sie schlüpfte in die lange Hose und zog das Kleid darüber. Beides passte. Für ihre Haare lag ein kleines Käppchen bereit, in das sie ihre Locken stopfte. Dann band sie sich geübt das schwarze Tuch darüber. All diese Handgriffe erfolgten ganz automatisch, sie brauchte nicht einmal darüber nachzudenken.

Wahrscheinlich habe ich sie schon so oft ausgeführt, dass sie ein Teil von mir geworden sind, überlegte Malika und streckte ihrem Spiegelbild die Zunge heraus. Das war sie und auch wieder nicht.

Warum nur muss ich mich so verkleiden?, dachte sie. Auf dem Weg zur Moschee hatte sie auch Frauen mit einem langen schwarzen Gewand gesehen. Nur ein paar Augenschlitze ermöglichten es ihnen, etwas zu sehen.

»Warum müssen die Ärmsten sich so verhüllen?«, hatte sie Kuchida gefragt.

»In ihrem Clan ist das so üblich.« Und sie neigte ihren Kopf zur Seite und flüsterte Malika zu: »Und bei uns allen ist es üblich, die Augen gesenkt zu halten. Du könntest einen unpassenden Mann ansehen. Bitte, mach uns keine Schande.«

Malika wollte etwas erwidern, aber der Ton ihrer Cousine erstickte ihren Widerspruch. Natürlich wollte sie der Familie ihres Onkels keine Schande bereiten, aber es gab so viel zu sehen, Verkaufsstände mit Souvenirs, Händler, die ihre Waren anpriesen, dort ein Mann, der ein Schaf auf seinen Schultern trug, Touristinnen in knappen Shorts, luftigen Blusen und offenen Haaren. Wussten sie, was für ein beneidenswertes Leben sie führten?

Wahrscheinlich war es wirklich besser, diese andere, freie Welt nicht zu sehen. Sie hielt den Blick gesenkt und presste die Lippen zusammen.

Wie am Tag zuvor lief Malika ins Wasser, aber als das Badekleid und die Hose nass wurden, klebten sie unangenehm an ihrem Körper. Obwohl sie nur aus leichtem Baumwollstoff waren, wurden sie schwer und schienen Malika in die Tiefe zu ziehen. Sie legte sich auf den Rücken und schloss die Augen. Sie versuchte sich zu entspannen, aber das Gefühl von Glück und Freiheit stellte sich nicht ein. Enttäuscht schwamm sie zurück und lief zum Haus, um die nassen Sachen auszuziehen.

Rashid stand auf der vorderen Veranda und rauchte. Er sah zu ihr, taxierte sie von Kopf bis Fuß. Am liebsten hätte sie ihm die Zunge rausgestreckt, aber das war natürlich ganz und gar undenkbar. Gerade als sie in ihr Zimmer gehen wollte, rief er ihr zu: »Wie war's im Wasser, Cousine?«

Dieser blöde Kerl! Wahrscheinlich amüsierte er sich darüber, dass sie so verhüllt schwimmen musste. Gerne hätte sie ihm eine passende Antwort gegeben, aber sie biss sich auf die Zunge. In der zweiten Sure hatte sie gelesen, dass die Männer eine Stufe über den Frauen standen, also musste sie schweigen und ihre Augen senken, um ihn nicht zu provozieren.

Während sie sich trocken rubbelte, dachte sie darüber nach, warum Allah so eine schlechte Meinung von den Männern hatte. Denn das musste er ja wohl haben, wenn er glaubte, dass ein Mann nicht mehr Beherrschung hatte als ein Ziegenbock. So stand es jedenfalls im Koran. Wenn ein Mann eine unverhüllte Frau sah, begehrte er sie angeblich sofort. Aber waren wirklich alle Männer so? Die westlichen Männer, denen sie verstohlen einen Blick zugeworfen hatte, sahen nicht so aus, als würden sie angesichts der leicht bekleideten Frauen jeden Moment die Fassung verlieren. Vielleicht erzogen die islamischen Mütter und Väter ihre Söhne nicht dazu, sich zu beherrschen, vielleicht bestand darin das Übel? So lag die Verantwortung allein bei den Mädchen und Frauen. Darum müssen sie sich verhüllen und in manchen Clans fast unsichtbar machen, darum fühlen sie sich wahrscheinlich ständig schuldig und schamerfüllt, dachte Malika. So wie Kuchida, als sie sie in dem Badeanzug gesehen hatte.

Aber wie ist es möglich, normal zu leben und gleichzeitig für die Männer unsichtbar zu sein?

Sie war noch in ihrer Unterwäsche, als Rashid plötzlich in der Tür stand. Sie hatte die Terrassentür nur hinter sich zugedrückt. Jetzt stand er da und seine Blicke wanderten über ihren Körper. Sie stieß einen Schrei aus.

»Nun mal ruhig, liebes Cousinchen, du kannst dich doch sehen lassen«, sagte er grinsend. »Obwohl, sehr viel ist an dir noch nicht dran. Ich habe lieber etwas mehr in den Händen.«

»Verschwinde!« Malika glaubte zu schreien, aber es war nur ein Flüstern. Sie war wie erstarrt.

»Na, na, nicht so prüde!« Rashid zog spöttisch einen Mundwinkel hoch. »Ich habe auf deinem Handy das Foto eines jungen Mannes gesehen. Hast du es mit dem getrieben? Ich meine, durfte er dich wohl anfassen?«

Malika presste das feuchte Badehandtuch an ihren Körper. Der fiese Kerl hatte sich an ihrem Handy zu schaffen gemacht?! Und da hatte er die Fotos von Tobias gesehen!

Sie hatte Angst, aber da war auch noch etwas anderes: Wut, pure Wut. Und ganz plötzlich hörte sie Tobias' Stimme. Er sagte: »Du kannst immer auf mich zählen.« Und sie spürte, wie er ihr eine Eispraline in den Mund steckte und ihre Lippen berührte.

»Du bist eine richtige Disco-Queen«, sagte Elena.

Die Erinnerung traf sie wie ein Blitzschlag.

Sie sah Rashid näher kommen.

»Nein! Nein!«, schrie sie, und diesmal schrie sie wirklich. Kurz bevor sie ohnmächtig wurde, ging die andere Tür auf. Sie sah Kuchidas entsetzten Blick – dann wurde alles schwarz.

Wieder wusste sie nicht, wie lange sie ohne Bewusstsein war. Sie wehrte sich gegen das Wachwerden. Erst die Stimme des Doktors Roul Houssini nahm ihr die Angst. Da war etwas Schlimmes geschehen. Oh, lieber Gott, was war das? Was war mit ihr passiert?

»Beruhige dich, Malika, alles wird gut!« Die Stimme des Neurologen klang so sanft, dass sie sich traute, die Augen zu öffnen.

Ihr Blick fiel als Erstes auf Kuchida, die am Fußende des Bettes stand, halb im Schatten. Ihre Cousine sah zur Seite.

Die Erinnerung an die letzten Minuten vor ihrer erneuten

Ohnmacht übermannte Malika und nahm ihr den Atem. Sie begann zu weinen.

Doktor Houssini streichelte beruhigend ihre Hand.

»Was ist geschehen, Malika? Welcher Schock hat dich umgeworfen?«

Malika schluchzte nur noch heftiger. Sie wusste, dass sie schuld war. Ihr Cousin Rashid hatte sie spärlich bekleidet gesehen. Sie hätte die Terrassentür abschließen müssen. Er hatte mit seinen Blicken ihren Körper entehrt. Er hatte von Tobias gesprochen, weil er die Fotos auf ihrem Handy gefunden hatte. Tobias, ach, Tobias, er war so weit weg. Wie sollte sie ihm je wieder unter die Augen treten? Aber nein, Tobias würde ihr keine Schuld geben. Tobias war kein Moslem.

»Du musst keine Angst haben«, sagte Doktor Houssini. »Es ist für Amnesiepatienten oft überwältigend, wenn die Erinnerung zurückkommt. Aber es ist doch wunderbar, dass es bei dir so schnell gegangen ist.« Er schwieg einen Moment. Nur Malikas Schluchzen war zu hören.

»Allerdings glaube ich, dass du einen Schock erlitten hast. Ich meine, bevor du ohnmächtig wurdest. Und dein Körper weigerte sich über Stunden, wach zu werden.« Er räusperte sich, beugte den Kopf hinunter. »Willst du mir nicht sagen, was geschehen ist?«

Ein warnender Blick Kuchidas traf Malika. Mach deine Schande nicht öffentlich, wage es nicht, unsere und deine Familie zu entehren.

Oh Gott, was sollte sie jetzt tun?

Sie versuchte, ihre Stimme in den Griff zu bekommen.

»Es ist nichts«, sagte sie. »Nur die Erinnerungen …«

Doktor Houssini richtete sich auf.

»Das ist normal, Malika! Wirklich! Am besten, du bleibst jetzt im Bett. Lass die Erinnerungen kommen, sie gehören zu dir. Ein großer Mann hat einmal gesagt: Wir sind die Summe unserer Erinnerungen.«

Einstein, dachte Malika. Wenn ich die Summe meiner Erinnerungen bin, dann ist da seit Jahren Angst, Angst und immer wieder Angst.

»Ich möchte schlafen«, sagte sie. »Es wird mir alles ein bisschen zu viel!«

Aber als sie endlich alleine war, konnte sie nicht einschlafen. Die Erinnerungen kamen in bunten Bildern, durcheinander, wie ein Film, der vorgespult wurde und dann wieder zurück, vor und wieder zurück.

Tobias war ihr Freund. Rashid hatte recht, Tobias hatte sie angefasst, er hatte sie geküsst und es war wunderschön gewesen. Und Elena war ihre beste Freundin. Mit ihrer Hilfe hatte sie Tobias heimlich sehen können. Seit ihrer ersten Menstruation musste sie ein Kopftuch tragen. Und mit dem Badeanzug war die Angst gekommen. Warum hatte sie ihn eingepackt? Hatte sie wirklich geglaubt, dass in der Familie ihres Onkels andere Regeln herrschten? Er war genauso konservativ wie ihr Vater. Kuchida war bei Malikas letzten Besuchen allerdings freundlicher gewesen. Wegen der Sache mit dem Badeanzug war ihr Ton schärfer geworden – und natürlich wegen Rashid. Rashid, der Malika gesehen hatte. Malika erschauerte trotz der warmen Decke. Ob Kuchida den Mund hielt? Sie hatte ganz und gar verantwortungslos die Terrassentür nicht hinter sich abgeschlossen. Was hätte passieren können, wenn Kuchida nicht ihren Schrei gehört hätte? Aber war nicht schon genug passiert? Rashid hatte sie halb nackt gesehen. Und diesen Blick würde sie nie vergessen!

Auf dem Schränkchen neben ihrem Bett fand sie ihr Handy. Sie simste an Tobias: *Erinnerung zurück. Vermisse dich! Kuss Malika.* Auch Elena sandte sie eine SMS. Die beiden liebsten Menschen in Deutschland sollten sich keine Sorgen machen.

Da war noch Abdul. Abdul und seine heimliche Freundin Inez. Was hatte ihre Mutter gesagt: »Erst Abdul und jetzt auch noch sie.« Hatte Vater Abdul mit Inez gesehen? Oder hatte Abdul selbst gestanden, dass er eine katholische Freundin hatte? Sie würde ihre Eltern heute Abend anrufen. Die gute Neuigkeit ihrer schnellen Heilung würde sie beruhigen.

Sie dachte an den Flug hierher. Da war doch diese nette Frau gewesen. Wo hatte sie noch ihre Visitenkarte hingelegt? Sie griff nach ihrem Koran und blätterte ihn durch. Ja, da war sie: Ramira Yassin. Sie hatte ihr auch ein Geschenk gegeben.

Malika stand auf und ging zum Kleiderschrank. Dort, gut versteckt hinter ihrer Unterwäsche, lag das Päckchen.

Sie riss das Papier auf und ein schwarzes Gewand fiel heraus. Überrascht hob Malika es auf. Es war eine Burka. Mit dem Gewand war auch ein Zettel herausgefallen.

Malika las: *Manchmal ist es besser, unsichtbar zu sein.* Und daneben standen die Anschrift und die Telefonnummer des deutschen Generalkonsulats in Agadir.

Aber warum hatte sie ihr diese Kontaktdaten aufgeschrieben? Glaubte sie, dass sie sie nötig hatte?

Ramira Yassin musste den Zettel vorbereitet haben, als Malika kurz auf der Toilette gewesen war.

Kuchida dachte während des Kochens über Rashid und Malika nach. Sie verachtete ihren schwachen Bruder, der sich nicht beherrschen konnte und es Frauen gegenüber an Respekt fehlen ließ.

Aber sie war auch für Malikas Ehre verantwortlich. Sie traute ihrem Bruder durchaus zu, dass er sich weiterhin ungebührlich gegenüber seiner Cousine verhalten würde.

Sie betete und dann fasste sie einen folgenschweren Entschluss.

Kapitel 9

Die Amnesie hatte etwas in Malikas Kopf verändert. Wenn sie mehr Mut gehabt hätte, hätte sie versucht, mit ihrer Cousine Kuchida darüber zu reden, aber so, wie Kuchida sie oft ansah, war das wohl unmöglich. Kuchida war eine durch und durch gläubige Muslima. Sie würde Malika wohl kaum verstehen.

Malika fühlte sich wie in einem Zug, der durch ihren Sturz und ihre Amnesie für einen kurzen Moment angehalten hatte. Wenn sie nicht an Gedächtnisverlust gelitten hätte, wäre sie nie in dem knappen Badeanzug ins Wasser gegangen, hätte sie nie dieses unglaubliche Gefühl von Glück und Freiheit im Wasser erfahren.

Und sie hätte ihren Cousin Rashid nicht provoziert. Aber trotzdem, wie hatte er es wagen können, in ihr Zimmer zu kommen? Auch wenn die Tür nicht verschlossen gewesen war, er hatte sich unehrenhaft benommen. Und natürlich hatte er sie kompromittiert.

Das war das Schlimmste, was einem muslimischen Mädchen passieren konnte. Sie war in den Augen der Familie selbst schuld, dass Rashid sie kompromittiert hatte.

Würde Kuchida schweigen?

Sie bezweifelte es.

Was würde dann geschehen?

Und würde Rashid sie in Ruhe lassen?

Zum Abendessen zog sie sich an, verhüllte ihr Haar und setzte sich ans Ende des Tisches, neben Kuchida. Sie spürte Rashids Blicke.

»Du musst mehr essen, Malika«, ermahnte ihr Onkel sie.

Sie neigte den Kopf und nahm eine gefüllte Aubergine.

»Hast du Allah schon gedankt? Wie schnell hat er dir in seiner Güte das Licht der Erinnerung wieder geschenkt!«

»Ja, Onkel!«, erwiderte Malika. Sie fühlte, dass ihm diese Antwort nicht ausreichte. »Mein Kopf schmerzt noch«, versuchte sie zu erklären. »Die Erinnerung kommt und überwältigt mich.«

»Wen Allah liebt, den prüft er!«

Sie neigte wieder den Kopf, vermied es, jemanden anzusehen. Ihre Augen würden sie vielleicht verraten. Sie war nicht das untertänige, gläubige muslimische Mädchen.

Nicht mehr. Alles in ihr rebellierte.

Am Telefon mit ihrem Vater war sie ganz die gehorsame Tochter.

Ja, sie war sehr froh, und ja, sie dankte Allah, dass er sie so schnell hatte genesen lassen. Ja, sie wollte vor dem Schlafen noch im heiligen Buch lesen. Sie fragte nicht nach Abdul.

Aber sie wollte auch für ihn beten. Und für Inez.

Doch sie war müde und fiel schon bei der ersten Sure in Schlaf.

Von irgendeinem Geräusch wurde sie wach. Sie tastete nach ihrer Armbanduhr und warf einen Blick darauf. Sie hatte nur eine Stunde geschlafen. Leise öffnete sie die Tür, um zur Toilette zu gehen. Als sie am Wohnzimmer vorbeikam, hörte sie Kuchidas Stimme. Ihre Cousine weinte.

»Verzeih mir, Vater, dass ich die Botschafterin dieser schlimmen Nachricht bin. Aber ich dachte, ich bin es unserer Ehre schuldig. Rashid hat gefehlt, und ich habe Angst, dass er unseren Gast noch mehr entehrt.«

»Du hast recht getan, Tochter! Ich hoffe, dass Allah mich erleuchtet und mir zeigt, was zu tun ist. Und hab ein Auge auf Malika. Sie ist trotz allem ein gutes Mädchen.«

Trotz allem, dachte Malika, und Wut brodelte in ihr hoch. Zumindest sah ihr Onkel ein, dass sein Sohn »gefehlt« hatte. Das sollte wohl heißen, dass eine geschlossene Tür eine geschlossene Tür war, auch wenn sie nicht verschlossen gewesen war.

Kuchida sollte ein Auge auf sie haben. Sie hatte nicht vor, sich ein weiteres Mal von Rashid »entehren« zu lassen. Sie würde selbst auf der Hut sein.

Die nächsten Tage verliefen ruhig. Malika ging nicht mehr schwimmen, aber sie fragte Kuchida, ob sie morgens am Strand spazieren gehen könnte.

»Natürlich, geh nur«, sagte Kuchida. Sie war froh, dass nach dem Vorgefallenen die Last der Verantwortung von ihren Schultern genommen war. Ihr Vater würde tun, was richtig war.

Beim Laufen am Strand, dort, wo die Wellen über den Sand spülten, kam etwas von dem Gefühl der Freiheit zurück. Es war, als ob der Wind, der Malikas Gesicht kühlte, alle trüben Gedanken fortblasen würde. Sie konnte wieder klarer denken. Es war wichtig zu wissen, was sie wollte. Was sie nicht wollte, war einfach: Sie wollte nicht wie ihre Mutter leben, nicht der Besitz eines Mannes sein. Sie wollte sich nicht verhüllen, sie wollte sich keine Schuldgefühle einreden lassen, wenn ein Mann sich nicht beherrschen konnte.

Aber was wollte sie dann? In der Theorie war das ganz einfach: Sie wollte frei sein. Frei über sich selbst und ihre Zukunft entscheiden können.

Doch wie konnte sie das als marokkanisches Mädchen in einer konservativen Familie Wirklichkeit werden lassen? Freiheit war etwas für Jungen und Männer. Sie hatte im Fernsehen gesehen, dass schon ein zehnjähriger Junge seine ältere Schwester begleitete, um ihre Ehre zu beschützen, oder für seine Mutter das Wort ergriff. War das nicht absurd? Wie konnte die Mutter noch einen Rest von Autorität wahren, wie sollte dieser Junge noch seiner Mutter gehorchen? Welche Macht gab man dem Kind, wenn es auf seine ältere Schwester aufpassen sollte? Kein Wunder, wenn eine solche Erziehung so arrogante Typen wie Rashid hervorbrachte.

Ihre eigenen Brüder waren glücklicherweise nicht so. Ihr Vater hatte sie so erzogen, dass sie ihrer Mutter mit Respekt begegneten. So stand es auch im Koran. In der vierten Sure hieß es, dass man die Eltern und Verwandten gut behandeln sollte. Aber gleichzeitig konnte man eben in derselben Sure lesen, dass »die Männer Vollmacht und Verantwortung gegenüber den Frauen haben, weil Gott die einen vor den anderen bevorzugt«. Und natürlich sind die rechtschaffenen Frauen demütig und ergeben.

Malika dachte wieder an ihre Koranlehrerin Fatima, die so lange demütig und ergeben gewesen war, bis sie einen gewaltbereiten Moslem heiraten sollte. Sie floh, aber ihr Bruder spürte sie auf. Eigentlich hat sie sich in dem Moment ihrem Schicksal ergeben, dachte Malika. Sie wollte nicht mehr fliehen, lieber wollte sie sterben.

Ihr kam die Frau im Flugzeug in den Sinn: Sie hatte Malika erzählt, dass ihr Verein Mädchen und Frauen half, die nicht mehr ohne persönliche Freiheit leben konnten. Hatte Fatima nicht gewusst, dass es solche Organisationen und Vereine gab? Oder war sie es leid, untergetaucht zu leben?

Ob es noch andere Möglichkeiten gab, Hilfe und Unterstützung zu bekommen? Vielleicht konnte sie im Honorarkonsulat in Agadir anrufen? War ein Konsulat für solche Fragen überhaupt zuständig? Andererseits hatte Ramira Yassin sich bestimmt etwas dabei gedacht, als sie Malika den Zettel mit der Anschrift des Honorarkonsulats in das Päckchen gelegt hatte.

Nach dem Strandspaziergang würde sie ihren ganzen Mut zusammennehmen und versuchen, heimlich dort anzurufen.

Mohammed El Zhar war über das Verhalten seines Sohnes viel erboster, als Kuchida ahnen konnte. Natürlich hatte seine Tochter recht gehandelt, als sie ihm von dem unglaublichen Vertrauensmissbrauch seines Sohnes berichtet hatte. Aber so hatte er das Mädchen auch erzogen. Ihr zukünftiger Gatte würde eine intelligente und zugleich ergebene Frau bekommen.

Warum nur war Rashid so ein Schwächling?

Wo hatte er als Vater versagt?

Er ging mittags in die Moschee, um Allahs Hilfe zu erbitten. Er hatte Malika schon nach ihrem letzten Aufenthalt als zukünftige Braut seines Sohnes ins Auge gefasst. Das verschüchterte Mädchen aus Deutschland war nicht dumm und doch von seinem Schwager zu einer frommen Muslimin erzogen worden.

Natürlich hätte sie die Terrassentür abschließen können, aber konnte er es ihr verdenken, dass sie sich in seinem Haus sicher fühlte?

Abends, als die Frauen sich zurückgezogen hatten, bedeutete er seinem Sohn zu bleiben. Er schwieg eine lange Weile und bemerkte, dass Rashid immer unruhiger wurde. Aber es war nicht einfach, mit ihm zu reden. Er musste die richtigen Worte finden.

»Es ist gegen Gottes Wille, dass einem Gast im Haus des Bruders ein Haar gekrümmt wird«, begann er das Gespräch.

Rashid hielt den Kopf gesenkt.

»Du hörst meine Worte, Rashid?«

»Ja, Vater«, sagte Rashid. Er wäre am liebsten aufgestanden und zu seinen Freunden ins Café gegangen. Warum musste gerade er in einer so konservativen Familie aufwachsen? Dieses andauernde Gerede über den Koran und darüber, was er durfte und tun sollte, nervte ihn ziemlich.

»Sucht Hilfe in der Geduld und im Gebet«, zitierte sein Vater die zweite Sure. »Und das ist ja schwer, außer für die Demütigen.«

Sein Sohn schwieg. Er wollte das Leben genießen. Der einzige Vorteil seines Glaubens war, dass er als Junge geboren war. Er musste nicht daran denken, wie es war, ein Leben lang demütig und geduldig zu sein, wie der Koran es den Mädchen und Frauen vorschrieb.

Aber ihm sollte es recht sein. Seine Position war eine viel bessere als die seiner Schwester.

Mohammed El Zhar wusste nur zu gut, dass sein Sohn alles andere als demütig war. Die Touristen hatten seinen Blick getrübt. Da war ein gutes, gläubiges Mädchen ein Geschenk Allahs. Und offensichtlich fühlte sein Sohn sich zu Malika hingezogen.

Er zog an seiner Wasserpfeife.

»Möchtest du die Tochter meines Schwagers zur Frau?«, fragte er Rashid dann direkt.

Rashid wurde rot.

Hatte Malika sich bei seinem Vater beklagt? Hatte seine Schwester ihn verraten?

Er zuckte die Schultern.

»Sprich mit mir!«, befahl ihm sein Vater. Und leiser fügte er noch ein Koranzitat hinzu: »Und Gott weiß über die, die Unrecht tun, Bescheid!«

Rashid dachte an die halb bekleidete Malika. Sie hatte ihn erregt.

»Sie ist in Deutschland aufgewachsen«, wandte er ein. »Ihre Wurzeln liegen in einem anderen Land.«

Sein Vater stieß den Rauch der Wasserpfeife durch die Nase aus. »Eine Marokkanerin bleibt immer eine Marokkanerin«, erwiderte er. »Dein Onkel und deine Tante haben Malika im Sinne des heiligen Buches erzogen.«

Rashid schwieg. Er dachte an das Foto des blonden Jungen auf Malikas Handy. Aber was spielte das für eine Rolle? Waren sie erst einmal verheiratet, würde Malika nur noch ihm gehören. Dafür würde er schon sorgen!

»Sie ist gebildet und fromm«, sagte sein Vater. »Wenn du willst, rede ich mit meinem Schwager.«

Rashid nickte. »Gerne, Vater!«

Am Tag nach ihrem Strandspaziergang, als Tante Tawfika vor dem Fernseher eingeschlafen und Kuchida zum Markt gegangen war, rief Malika die Nummer des Honorarkonsulats in Agadir an.

Ein Mann meldete sich. Er verband sie weiter, als sie sagte, sie brauchte Hilfe. Schließlich hörte Malika eine Frauenstimme. »Ja, bitte?«

Malika nannte ihren Namen.

»Malika Diba?«, wiederholte die Frau. »Wie kann ich dir helfen?«, fragte sie dann.

Malika wusste es nicht, sie schwieg. Warum hatte sie überhaupt angerufen?

»Du musst mir schon sagen, was du willst«, sagte die

Frau freundlich. Etwas in ihrer Stimme machte Malika Mut.

Sie räusperte sich. »Ich habe Angst«, sagte sie. »Ich bin gerade zu Besuch bei meinem Onkel in der Nähe von Agadir. Sein Sohn Rashid ...« Sie brach ab. Was hatte er schon getan?

»Hat er dich angefasst?«, erkundigte sich die Frau.

»Nein«, sagte Malika. »Aber ich hatte Angst.«

»Hast du einen deutschen Pass? Und ein gültiges Flugticket?«

»Ja«, entgegnete Malika. Sie erinnerte sich, dass auch Ramira Yassin ihr geraten hatte, unbedingt gut auf ihren Pass aufzupassen.

»Ich vermute, du hast Angst, hier mit deinem Cousin verheiratet zu werden? Versuch doch erst einmal, Heimweh vorzutäuschen und wieder zurück nach Deutschland zu kommen. Und melde dich dann bei Ramira Yassin.«

Woher kannte die Frau ihre Flugbekanntschaft?

Bevor Malika nachfragen konnte, fügte ihre Gesprächspartnerin hinzu: »Sie hat mir deinen Namen gegeben. Sie meinte, du würdest wahrscheinlich anrufen.«

Während sie die Bohnen putzte und die Paprika in feine Streifen schnitt, dachte Malika über das Telefonat nach. Wieso hatte Ramira angenommen, dass sie beim Honorarkonsulat anrufen würde?

Sie hatte doch unmöglich ahnen können, dass ihr Cousin Rashid sich ihr unehrenhaft nähern würde? Aber sie hatte gesagt, dass sie ein Gespür für unglückliche Mädchen entwickelt hatte. Vielleicht hatte sie damit auch Malika und ihre ganze Situation gemeint.

Und plötzlich, während die violett-weißen Zwiebelringe ihr die Tränen in die Augen trieben, wurde ihr klar, wovor sie Angst hatte. Die Frau vom Konsulat hatte recht gehabt: Sie hatte Angst, dass sie hier, im Haus ihres Onkels, mit seinem Sohn Rashid verheiratet werden sollte. Natürlich, das war es. Wie hatte sie nur so blind sein können? Deswegen war ihr Onkel auch weiterhin so freundlich zu ihr. Er wollte die Ehre seiner zukünftigen Schwiegertochter nicht beschmutzen.

Gestern hatte Kuchida sie noch gelobt: »Du wirst einmal eine gute Hausfrau werden. Wenn ich verheiratet bin, kannst du meinen Platz einnehmen.«

»Nein, danke«, hatte Malika gesagt. »Ich will in Deutschland mein Abitur machen, später Journalistik studieren und nicht nur für meine Eltern und Brüder sorgen müssen.«

Kuchida zitierte aus dem Koran aus der dreiundzwanzigsten Sure: »Und Wir fordern von niemandem mehr, als er vermag. Und bei Uns ist ein Buch, das die Wahrheit redet.«

Malika hatte geseufzt. »Musst du denn immer mit dem Koran kommen? Damals wusste doch keiner etwas von studierenden Mädchen und Frauen.« Und spöttisch fügte sie hinzu: »Von Allah habe ich auch meinen Verstand, und im Koran steht, man soll die Schätze gebrauchen, die Er einem gegeben hat.«

»Hüte dich vor falschen Zungen«, hatte Kuchida sie gemahnt.

Gott, was nervten diese strenggläubigen Muslime sie! Glaubten sie wirklich, dass ein Buch, das Mohammed vor so vielen Jahren von Gott diktiert worden war, auch heute noch als Leitfaden im täglichen Leben dienen konnte?

Kuchida sah den skeptischen Blick ihrer Cousine.

»Zweifle nie am heiligen Buch«, mahnte sie Malika. »Im Koran findest du auf alle Fragen eine Antwort!« Und wieder zitierte sie: »Es steht uns nicht zu, darüber zu reden. Preis sei Dir! Das ist doch eine gewaltige Verleumdung!«

»Ich akzeptiere den Koran«, sagte Malika. »Aber wenn man nicht über ihn reden darf, bekommt man doch auch keine Antworten.«

»Sei still«, sagte Kuchida schärfer als zuvor. »Du hast doch gehört: Es steht uns nicht zu, darüber zu reden. Wer sind wir, dass wir an Gottes Wort zweifeln dürfen!«

Malika hatte geschwiegen. Es hatte keinen Sinn, mit ihrer Cousine über den Koran zu reden. Sie brachte sie nur gegen sich auf. Und das wollte sie nicht. Sie erinnerte sich, wie lieb und voller Verständnis sie gewesen war, als sie Angst hatte, beschnitten zu werden. Aber das schien lange her zu sein.

Kuchida nahm ihr Schweigen als Zustimmung.

»Ich bin sehr froh«, sagte sie, das Thema wechselnd, »dass du mir bei den Vorbereitungen für mein Verlobungsfest zur Hand gehen kannst.«

Malika lächelte ihr versöhnlich zu. »Ich bin gespannt, wie dein Verlobter ist.«

»Er ist ein rechtschaffener Muslim«, sagte Kuchida mit fester Stimme.

Hat er noch andere Eigenschaften, als rechtschaffen zu sein?, fragte sich Malika. Sieht er gut aus, respektiert er seine Frau, liebt er sie sogar? Aber natürlich fragte sie das alles nicht. Islamische Ehen in konservativen Familien wurden nicht aus Liebe geschlossen. Die Eltern entschieden, wer zu wem passte.

Malikas Vater war zwar ein gläubiger Muslim, aber er würde seine Tochter ihren Weg gehen lassen. Er war doch stolz auf ihre guten Zeugnisse, ihren wachen Verstand! Es war doch absurd zu denken, er würde sie in Marokko verheiraten. War es das?

Sie ahnte, dass ihr Vater um ihre Tugend besorgt war. In seinen Augen hatten die Mädchen in Deutschland viel zu viele Freiheiten: Sie sahen den Männern in die Augen, kleideten sich provozierend und sprachen, als seien sie den Männern ebenbürtig. Da war es schwierig, ein Mädchen im Sinne des Korans zu erziehen.

Lange hatte er geglaubt, dass es ihm gelungen war.

Erste Zweifel hatte der Heiler Yassin Benasker in seine Seele gesät.

Und dabei wusste er noch nicht einmal von Tobias.

Jeden Abend bekam Malika von Tobias eine SMS. Wenn sie geantwortet hatte, schloss sie die Augen und gab sich ganz ihren Erinnerungen hin. Sie war jetzt so geübt, ihn sich herbeizuwünschen, dass sie seine Lippen auf ihren fühlte, seine Umarmungen spürte, ihn roch.

Wie lange bleibst du noch?, simste Elena. *Geht es dir besser?*

Ja, simste Malika zurück, *ich würde lieber heute als morgen zurückkommen. Aber wir haben hier eine Verlobung. Da muss ich helfen.*

Das Fest bestand aus reichhaltigem Essen, Musik und Tanzdarbietungen. Ihr Onkel hatte ein Café gemietet. Nur Kuchida durfte ihr Haar offen tragen. Sie durfte ihren Schmuck ihrem zukünftigen Mann zeigen. Said Achouitar war ein großer, schlanker junger Mann mit kurzen, lockigen Haaren. Er betrachtete seine Frau voller Stolz.

Er hatte seinen Teil des Brautschatzes zusammen, denn auch er musste seiner zukünftigen Frau etwas bieten: eine standesgemäße Wohnung, die allen Wünschen einer jungen Frau entsprach.

Malika fühlte die Blicke der Frauen auf sich. Hatte sich schon herumgesprochen, dass es im Hause Mohammed El Zhars bald wieder eine Hochzeit geben würde?

Malikas Onkel war ein belesener Mann. In seinem Zimmer hatte er viele Bücher stehen. Dort fand Malika auch die Geschichten von *Tausendundeiner Nacht*.

Sie fragte ihn, ob sie sich den Band ausleihen dürfte.

Ihr Onkel nickte. »Wenn du darüber nicht den Koran vergisst, dann lies es ruhig. Es ist ein gottgefälliges Buch.«

Malika begriff bald, warum die Geschichten von Scheherazade Gott gefällig waren. Auch in ihnen wurde der Koran wörtlich zitiert und die Frauen gehörten erst ihren Vätern und später ihren Männern. Wie ist es möglich, dachte Malika, dass Märchen, die über fünfhundert Jahre alt sind, eine

Moral vermitteln, die in ihrer Substanz auch heute noch gilt? Scheherazade versuchte ihr Leben zu retten, indem sie dem König jede Nacht eine spannende Geschichte erzählte. Sie hatte nichts verbrochen, aber der König war von seiner ersten Frau betrogen worden, und jetzt tötete er aus Rache jede Frau, mit der er eine Nacht verbracht hatte. Die Neugier des Königs auf das Ende der Geschichte rettete Scheherazade das Leben.

Zwar glaubte man auch in der arabischen Welt nicht mehr an Märchen, aber an der untergeordneten Stellung der Frau, die der Willkür und Macht des Mannes ausgesetzt ist, hatte sich nicht viel verändert. Sie war in erster Linie dazu da, dem Manne zu dienen und ihm Söhne zu gebären.

»Wie stellst du dir deine Ehe vor?«, hatte sie einmal Kuchida gefragt.

Kuchida hatte ihre Cousine erst gar nicht verstanden. »Meine Ehe?«

»Ja, dein zukünftiges Leben? Was erwartest du vom Zusammenleben mit deinem Mann?«

Kuchida war rot geworden.

»Ich hoffe auf Allahs Gnade, dass ich Said Achouitar eine gute Frau sein werde. Und dass mein Schoß fruchtbar ist.«

»Du möchtest also Kinder kriegen. Und weiter?«

»Weiter?«

»Du hast doch eine höhere Schule besucht. Willst du nicht etwas mit deiner Ausbildung anfangen? Schließlich werdet ihr in einer modernen marokkanischen Stadt leben, da könntest du bestimmt auch berufstätig sein?«

Sie sah Kuchidas verständnislosen Blick.

»Na ja, zumindest solange du noch keine Kinder hast.«

»Ich darf meinem Mann doch keine Schande bereiten«, empörte sich Kuchida. »Er ist als Pilot sehr gut in der Lage, eine Frau zu ernähren. Und wenn er müde von der Arbeit kommt, muss ich da sein, um ihn die Mühen des Alltags vergessen zu lassen.«

Das klang tatsächlich wie ein Satz aus den Märchen von *Tausendundeiner Nacht.*

Es hatte wohl wenig Sinn, mit ihrer Cousine darüber zu reden, dass ihr zukünftiger Mann Tag für Tag mit modernen marokkanischen Mädchen zusammenarbeitete, denn die Stewardessen waren alle marokkanisch und am Flughafen arbeiteten bestimmt auch Frauen. Ob Kuchida der Gedanke daran störte?

Als Malika am späten Nachmittag den Strand entlanglief, hatte sie ihr Handy mitgenommen. Sie musste eine neue Telefonkarte kaufen – sie wollte endlich mal wieder Tobias' Stimme hören.

In der Strandbar des *Holiday Inn* wurde eine Aufführung gezeigt. Als sie dort ankam, begann gerade ein Derwisch zu tanzen.

Malika blieb interessiert stehen. Sie wusste, dass der Tanz eines Derwisches etwas ganz Besonderes war. Er sollte auf das Ziel und die Begrenzung jedes Lebens hinweisen, auf den Tod.

Es erklang leise Trommel- und Flötenmusik, die mit der Zeit schneller wurde. Der Derwisch öffnete die Arme, die rechte Handinnenfläche zeigte nach oben, die linke nach unten. Er begann sich um seine eigene Achse zu drehen, schneller und schneller, ganz im Rhythmus der Musik.

Malika wusste, dass er in diesem Moment zum Katalysator der göttlichen Energie wurde, die er mit der rechten Hand empfing, mit der linken an die Welt weiterleitete.

Ob irgendjemand von den begeistert klatschenden Touristen das wohl wusste? Für sie war es wahrscheinlich nur eine farbenfrohe Darbietung, völlig sinnentleert.

Gegen Ende des Tanzes schlossen sich die Röcke des Derwisches um seinen Kopf. Als einer der Musiker mit seiner Kopfbedeckung umherging, um einen Beitrag für die Darbietung zu bekommen, zerstreute sich die Menschenmenge schnell.

Malika warf ein paar Münzen in die Kappe.

»Allah sei mit dir«, sagte der Musiker.

Malika neigte dankend ihren Kopf und vermied es, den Mann anzusehen. Sie wollte nicht unangenehm auffallen. So bemerkte sie nicht, dass der Mann ihr aufmerksam mit den Blicken folgte, als sie zum Hotel hinaufging.

Im *Holiday Inn* gab es eine Boutique, die neben Strandartikeln und Sonnenschutzmitteln auch Batterien und Telefonkarten verkaufte.

Malika hatte ihr Guthaben gerade aufgeladen, als ihr Handy klingelte. Erschrocken hätte sie es beinahe fallen gelassen.

Sie starrte auf das Display.

Tobias!

Ihre Stimme klang zittrig, als sie sich meldete.

»Wie bin ich froh, deine Stimme zu hören, Malika!«

Seine Stimme klang so unglaublich nah. Sie presste das Handy fester gegen ihr Ohr.

»Tobias, gerade habe ich meine Telefonkarte aufgeladen. Ich hatte solche Sehnsucht danach, mit dir zu sprechen.«

»Und ich sehne mich noch nach ganz anderen Dingen«, erwiderte Tobias. Sie hatte fast vergessen, wie sexy seine Stimme klang.

»Ich hoffe, dass ich bald zurückkomme«, sagte Malika.

»So lange kann ich nicht warten«, sagte Tobias.

»Wie meinst du das?«

Wollte er nicht mehr auf sie warten? Eine kalte Faust drückte ihren Bauch zusammen.

»Kannst du heute Abend zur Jugendherberge in Agadir kommen? Ich warte da ab acht Uhr auf dich!«

»Was sagst du?«

Malika traute ihren Ohren nicht.

»Ich habe mich in der Schule krankgemeldet und bin im Hotel *Sindibad*. Laut Internet eine Jugendherberge. Na ja, leicht untertrieben, aber das wirst du ja selbst sehen.«

Kapitel 10

Malika setzte sich in der Eingangshalle des Hotels in eine Sitzgruppe, die ein wenig abseits stand. Ihre Knie zitterten. Sie versuchte sich zu beruhigen. Tobias war hier in Agadir?! Am liebsten hätte sie sich gleich auf den Weg zum Hotel *Sindibad* gemacht. Aber ihr Onkel und seine Familie erwarteten sie zum Abendessen. Und wie um Gottes willen sollte sie danach das Haus verlassen? Es war einem jungen marokkanischen Mädchen natürlich nicht gestattet, abends allein auszugehen.

Sie fühlte sich zerrissen zwischen der Freude, dass Tobias hier war, und der Angst, dass man sie entdecken würde.

»Du siehst müde aus, Malika«, sagte ihr Onkel nach dem Essen.

»Das ist wahrscheinlich die Seeluft«, erwiderte Malika. »Ich werde mich bald hinlegen.«

Mohammed El Zhar ging mit Rashid zum Freitagsgebet in die Moschee. Kuchida saß mit ihrer Mutter vor dem Fernseher und amüsierte sich über ein Quiz.

Malika lag auf ihrem Bett und starrte an die Decke. Wie sollte sie nur ungesehen aus dem Haus kommen? Wenn sie zum Hotel *Sindibad* ging, war die Gefahr groß, dass jemand aus dem Bekanntenkreis ihres Onkels sie erkannte. Und was dann passieren würde, das wollte sie sich lieber nicht ausmalen.

Plötzlich fiel ihr Ramira Yassin ein und die Burka, die sie ihr geschenkt hatte.

»Manchmal ist es gut, unsichtbar zu sein!«

Natürlich, das war die Lösung! Hatte Ramira etwa hellseherische Fähigkeiten?

Um Viertel vor acht zog sie die Burka über ihr Kleid. Sie sah in den Spiegel. Jetzt gehörte sie auch zu den vielen namenlosen Mädchen und Frauen, die sich unter einem Gewand versteckten – verstecken mussten –, das nichts von ihnen zeigte. Geschlechtslos und auswechselbar.

Sie verließ das Haus lautlos über die Terrassentür, duckte sich, als sie am Fenster des Wohnzimmers vorbeikam, und ging zum Strand hinunter. Erst als das Haus einige Hundert Meter entfernt war, atmete sie erleichtert auf. Auf der Promenade in Agadir wimmelte es von Touristen, die gut gelaunt sich und die Landschaft fotografierten, Liebespaare, die sich ungeniert an den Händen hielten oder sich sogar küssten.

Malika fühlte sich unter ihrer Burka fast unsichtbar. Touristen wichen ihr aus, manche sahen sie mit zusammengezogenen Augenbrauen an, tuschelten über sie. Sie mied jeden Augenkontakt.

Das Hotel *Sindibad* lag im Zentrum Agadirs und war ein kleineres Gebäude. Im Schatten einer Palme blieb Malika stehen. Ob man sie ungehindert eintreten lassen würde?

Ein marokkanischer Polizist stand neben dem Eingang. Malika sah eine Gruppe junger marokkanischer Mädchen auf den Eingang zugehen. Zwei von ihnen trugen ein Kopftuch, die anderen nicht. Bevor sie es sich anders überlegen konnte, schloss sie sich ihnen an. Als sie an dem Polizisten vorbeiging, neigte sie bescheiden den Kopf.

In der Hotellobby ging sie als Erstes auf die Toilette.

Ich werde an der Rezeption nach Tobias fragen, beschloss sie. Das war ein Risiko, aber sie hatte ihren deutschen Pass ja bei sich und natürlich ihr Flugticket. Das war für sie wie ein Garantieschein, dass sie zurückfliegen konnte. Nur das Datum der Rückreise war noch nicht eingetragen. Sie hatten ja nicht gewusst, wann es ihr wieder besser gehen würde oder wie lange ihre Tante Malikas Hilfe benötigte.

Als sie wieder in die Eingangshalle trat, sah sie Tobias. Er lehnte an der Wand mit den bunten Prospekten, die über Ausflüge in die nähere Umgebung informierten.

Ihr Herz machte einen Sprung. Erst jetzt wurde ihr so richtig bewusst, wie sehr sie ihn vermisst hatte.

Zögernd trat sie näher.

»Hallo«, sagte sie und tat so, als gälte all ihr Interesse einer Bootsfahrt mit Picknick in einer stillen Bucht.

»Malika???«

»Sag mir deine Zimmernummer«, flüsterte sie. »Wir erregen hier zu viel Aufsehen.«

Kurz darauf fielen sie sich in seinem Zimmer in die Arme. Sie hatte die Burka mit einer Handbewegung abgestreift.

»Warum läufst du in diesem Sack umher?«, fragte er sie, als sie wieder zu Atem kamen.

»Manchmal ist es wichtig, unsichtbar zu sein«, wiederholte Malika die Worte Ramira Yassins.

»Bist du wirklich wieder ganz okay? Ich meine, du erinnerst dich wieder an alles?«

»Klar doch«, sagte Malika, »mir geht es gut.« Aber dann fiel ihr Rashid ein und sie erzählte Tobias von dem Vorfall mit ihrem Cousin und von ihren Befürchtungen.

»Ich habe Angst, Tobias.«

»Würde dein Vater dich gegen deinen Willen verheiraten?«

»Ja, das würde er. Ein marokkanisches Mädchen tut, was ihre Familie will.«

»Und du, was willst du?«, fragte Tobias.

Sie sah ihn an. Wie konnte er noch fragen?

Sie küssten sich wieder.

»Ich will frei sein«, erwiderte Malika nach einer Weile. »Ich will nicht unsichtbar sein, ich will nicht für die Ehre der Familie verantwortlich sein.«

Sie nahm einen Schluck von der Cola, die Tobias aus der Minibar genommen und vor sie hingestellt hatte.

»Wann musst du zurück?«

»Sonntagabend!«, sagte Tobias. »Ich hatte Glück. Ich konnte übers Internet einen Last-Minute-Billigflug ergattern.«

Er sah sie an.

»Hast du schon ein Flugticket?«

»Ja«, antwortete Malika. Sie schwieg einen Augenblick.

»Ich muss nur den Rückflug bestätigen lassen.«

»Hast du es dabei?«

»Es steckt zusammen mit dem Pass in meinem Brustbeutel!«

Sie zeigte es ihrem Freund.

»Ich rufe mal die Rezeption an. Die wissen bestimmt, wie man das macht.«

Er schlug sich an die Stirn.

»Jetzt hätte ich es beinahe vergessen. Ich habe einen Brief für dich.«

»Einen Brief?«

»Von Abdul. Er stand nach der letzten Stunde auf dem Schulhof und hat ihn mir gegeben, als ich kam. Er wollte ihn nicht schicken, aus Angst, dein Onkel würde ihn abfangen. Ich sollte dir den Brief geben, wenn du zurück bist.« Er machte eine Pause. »Irgendwo muss er uns schon mal zusammen gesehen haben.«

Malika sah ihn sprachlos an. Einen Brief! Und das sagte er erst jetzt!

Tobias bemerkte ihre Verstimmung. »Sorry, aber ich war total von der Rolle. Es ging alles so schnell. Innerhalb von zwei Stunden saß ich im Flieger, ich konnte den Brief gerade noch in meine Reisetasche tun.«

»Schon gut«, sagte Malika und riss den Umschlag auf.

Geliebte Schwester,

ich tue etwas, von dem ich nicht weiß, ob Gott mich dafür nicht strafen wird. Aber ich kann nicht anders. Ich kann Inez nicht verlassen. Außerdem ist sie schwanger. Stell Dir vor, ich werde Vater! Letzte Woche haben wir geheiratet. Ich habe es Vater und Mutter am Abend vorher gesagt und Vater hat mich verstoßen. Ich bin nicht mehr sein Sohn, sagte er, weil ich mich mit einer Ungläubigen zusammengetan hätte. Dass Inez Christin ist, erkennt er nicht an. Aber ich habe es nicht anders erwartet. Dabei lehrt der Koran etwas anderes:

»Diejenigen, die glauben, und diejenigen, die Juden sind, Sabier, all die, die an Gott und den Jüngsten Tag glauben und Gutes tun, erhalten ihren Lohn bei ihrem Herrn, sie haben nichts zu befürchten, und sie werden nicht traurig sein.«

Unser Kind soll meinen Namen tragen.

Sei nicht traurig, mein Schwesterherz, tu, was Dir Dein Herz sagt, und glaube weiter an Gottes Güte. Denn er allein ist die Macht und die Herrlichkeit.

In Liebe Dein Bruder Abdul

Darunter standen eine Telefonnummer und seine neue Anschrift in Frankfurt.

Malikas Augen füllten sich mit Tränen. Das also hatte ihre Mutter gemeint, als sie am Telefon gesagt hatte: erst Abdul und jetzt du. Sie hatte befürchtet, dass sie durch die Amnesie auch ihre Tochter verlieren würde. Aber ihr Sohn hatte keine Amnesie. Malika war überzeugt, dass er sehr gut wusste, was er tat. Er liebte Inez.

Wahrscheinlich hatte er erkannt, dass er nie wieder eine Frau treffen würde, die ihn so aufrichtig liebte. Das war ihm

Grund genug, sich von seinem Vater loszusagen. Nein, nicht er hatte sich losgesagt, sein Vater hatte ihn verstoßen, weil er sich mit einer Ungläubigen eingelassen hatte. Aber Abdul hatte recht, und die von ihm zitierte Sure sagte es ganz deutlich: Jeder, der an Gott glaubt, wird ins Paradies eingehen. Damit wurde bekräftigt, dass der Glaube an den Propheten Mohammed nicht zur Bedingung für das Heil gemacht wurde, das wusste Malika.

Sie ließ Abduls Brief fallen.

Tobias legte gerade den Hörer auf. Er hatte in der Zwischenzeit erfahren, wie man einen freien Rückflug gültig machte.

»Was ist los, Malika?«

Er hob den Brief auf.

»Darf ich?«, fragte er.

Malika nickte, während die Tränen über ihr Gesicht liefen. Sie wusste nicht, warum sie weinte. War es der Schmerz, dass ihr Vater ihren Lieblingsbruder verstoßen hatte, oder weinte sie vor Glück, dass Abdul sich aus den Zwängen eines streng islamischen Glaubens befreit hatte? Die Nachricht überwältigte sie.

»Aber das ist doch total cool!«, sagte Tobias, als er den Brief gelesen hatte. »Dein Bruder setzt ein Zeichen. Und er handelt noch nicht einmal gegen den Koran!«

»Trotzdem ist das natürlich Grund genug für meinen Vater, ihn zu verstoßen!«

Sie wischte sich die Tränen ab.

»Ich weiß echt noch nicht, was ich davon halten soll. Glücklicherweise ist er ein Mann. Er braucht nicht zu befürchten, dass sein Bruder, unser Bruder, ihn töten wird. Er ist nicht für die Ehre der Familie verantwortlich. Dadurch, dass mein Vater ihn verstoßen hat, gehört er nicht mehr zur Familie. So einfach ist das.«

Sie war überzeugt, dass es Abdul nicht leichtgefallen war, diesen Schritt zu tun. Aber Inez war für ihn das andere Leben. Ein Leben in Liebe, zusammen mit einer Frau, die ihm ebenbürtig war. Mit einer Frau, die wie er an Gott glaubte und ihm zur Seite stehen würde.

Welchen Kummer muss es unserem Vater bereitet haben, dachte Malika aber auch. Sein ältester Sohn hielt eine Frau für wichtiger als seine eigene Familie. Sie fragte sich, ob Abdul auch vom Imam verstoßen werden würde. Konnte er ihm nicht die Sure, die er in seinem Brief zitiert hatte, vor Augen halten? Das war doch Gottes Wort?

Ihr Vater hatte sich offenbar nicht belehren lassen, denn es gab im Koran genug andere Stellen, in denen geschrieben stand, dass man sich von Ungläubigen fernhalten sollte, und damit waren alle gemeint, die nicht an Allah glaubten und die den Koran nicht als einzigen Leitfaden für ihr Leben nahmen.

Was für Widersprüche in Gottes heiligem Buch!

»Malika, ich weiß jetzt, wie wir dein Flugticket aktualisieren können!« Tobias nahm ihre Hand. »Willst du mit mir zurückfliegen?«

»Sonntagabend? Wie sollen wir das machen? Und wohin soll ich in Deutschland gehen, wenn ich heimlich das Haus meines Onkels verlasse? Ich müsste mit meiner Familie brechen, denn ich brächte große Schande über sie!«

Tobias sah sie groß an.

Malika stand auf. Es wurde ihr alles zu viel. Tobias, Abduls Brief, die ganzen Heimlichkeiten – sie musste allein sein und sich über alles klar werden.

Das sagte sie ihm auch.

»Ich werde darüber nachdenken. Ich muss jetzt zurück. Wenn die Männer vom Freitagsgebet zurück sind, will ich wieder in meinem Zimmer sein.«

Sie schaffte es, unbemerkt in ihr Zimmer zu gelangen. Um jeglichem Verdacht auszuweichen, ging sie eine kurze Zeit später zu Kuchida und Tante Tawfika ins Wohnzimmer.

»Ich kann nicht schlafen«, sagte sie. »Ich muss so viel an Vater, Mutter und meine Brüder denken. Besonders Abdul geht mir nicht aus den Kopf. Als wenn etwas mit ihm ist.«

Ganz bewusst hatte sie Abduls Namen genannt. Dabei beobachtete sie aufmerksam die Gesichter der Frauen.

Tante Tawfika reagierte mit einem missbilligenden »Ts, ts, ts!«. Und Kuchida wurde blass.

»Manchmal erleuchtet Allah unsere Gedanken«, entgegnete sie schließlich zögernd. »Du sollst wahrscheinlich viel für ihn beten!«

Ihr lag eine Bemerkung auf der Zunge, aber sie schwieg. Nun wusste sie, dass die Familie ihres Onkels von dem abtrünnigen Sohn bereits erfahren hatte. Ja, Malika wollte für Abdul beten. Das sagte sie auch.

»Du hast recht, ich will für ihn beten. Er ist ein so feiner Mensch!«

Kuchida wollte etwas erwidern, aber sie ließ es bleiben.

ie hatte ihrem Vater versprechen müssen, nicht über diese Schande zu sprechen.

So saßen sie zu dritt auf der Couch und schauten eine unwahrscheinlich kitschige Soap an, als Rashid zurückkam.

»Vater ist noch zu einer Koranlesung gegangen und ich treffe mich jetzt mit Freunden im Café *Yasmin.*«

»Warum hast du Vater nicht begleitet?« fragte ihn seine Schwester.

Er sah sie nur an. Welches Recht hatte sie, ihn nach seinen Gründen zu fragen? Bloß gut, dass sie bald aus dem Haus gehen würde. Sie maßte sich oft an, Fragen zu stellen, die ihr nicht zustanden. Außerdem hatte sie ihn bei ihrem Vater verpetzt. Das würde er ihr nicht verzeihen. Sein Blick fiel auf Malika, die sich auf das Programm im Fernsehen konzentrierte. Hoffentlich würde sie sich kein Beispiel an Kuchida nehmen. Sonst blieb ihm nichts anderes übrig, als sie zu züchtigen.

»Geht es dir gut, Cousine?«

»Ja«, sagte sie, »alles in bester Ordnung!« Und obwohl sie ihn nicht ansah, hörte er ein feines Vibrieren in ihrer Stimme. Sie war unsicher, sie hatte Angst. Das gefiel ihm.

Im Café *Yasmin* musste er viele Hände schütteln und Schultern klopfen, bevor er sich setzen konnte. Obwohl man laut Koran keinen Alkohol trinken sollte, hielt sich in seiner Clique niemand daran.

Sein Freund Hussein, Musiker bei einem Derwisch, kam auf ihn zu und umarmte ihn. »Ich habe heute deine Cousine aus Deutschland im *Holiday Inn* gesehen«, flüsterte er ihm zu. »Was macht eine sittsame Marokkanerin in so einem Hotel? Und ist sie nicht dir versprochen?«

Rashid war bestürzt. Hatte er sich in Malika getäuscht? Aber er ließ sich nichts anmerken. Das Gesicht wahren – das war eine Grundregel für jeden Moslem.

»Ich habe ihr gestattet, Strandwanderungen zu machen. Sie muss wieder ganz gesund werden.« Er lachte und grinste dabei anzüglich. »Schließlich wird sie nach der Eheschließung viele Pflichten haben.«

Das Letzte hatte er lauter gesagt. Jemand machte eine eindeutige Handbewegung und die anderen lachten darüber.

»Genug«, sagte Rashid scheinbar entrüstet, aber das erhöhte nur ihr Vergnügen. Rashid lachte am lautesten.

Als er angetrunken nach Hause ging, dachte er über Malika nach. Sie würde ihm doch hoffentlich keine Schande machen? Sie war doch noch Jungfrau? Schon schlimm genug, dass ihr Bruder sich mit einer Ungläubigen zusammengetan hatte. Aber sein Vater hatte ihn beruhigt.

»Der kommt schon wieder zurück. Und Gott vergibt jedem reuigen Sünder. Gott ist voller Vergebung«, hatte er noch aus der vierten Sure zitiert.

Ihm, Rashid, war Abduls Benehmen egal, solange nur er selbst hier in Agadir den Respekt bekam, den er als Sohn des Mohammed El Zhar erwarten konnte. Die Frage war, ob er den Respekt von Malika bekam. Er würde sie lehren müssen, ihn zu respektieren.

Als er nach Hause kam, waren seine Mutter und Kuchida bereits zu Bett gegangen. Nur Malika war trotz der vorgerückten Stunde noch wach. Sie stand im Wohnzimmer vor dem Bücherschrank. Rashid schüttelte insgeheim den Kopf. Das war auch so eine Marotte dieses Mädchens, dass sie so viel und so gerne las.

»Das heilige Buch sollte für dich als Lektüre ausreichen«, sagte er.

Malika schenkte ihm keine Beachtung. Ihr Onkel hatte ihr erlaubt, sich an seinem Bücherschrank zu bedienen und sich das auszuleihen, was ihr gefiel.

Ihr Schweigen machte Rashid rasend. Was dachte sich dieses junge Ding eigentlich? Er trat dicht hinter sie, legte seine Hände um ihre Taille.

Er fühlte, wie Malika erstarrte. Gut so – sie würde ihn schon noch kennenlernen!

Er presste seinen Körper gegen ihren. »Man hat dich im *Holiday Inn* gesehen«, flüsterte er ihr ins Ohr. »Ich frage mich, was du da tust? Hast du es mit jemandem getrieben? Darf ich mich als dein Zukünftiger mal überzeugen, ob du noch unversehrt bist?« Seine Hand glitt zwischen ihre Beine.

Malikas Erstarrung verwandelte sich in Wut. Sie drehte sich so schnell um, dass er nicht reagieren konnte, und stieß ihr Knie in seinen Unterleib.

Aufheulend ließ er von ihr ab.

In diesem Moment betrat Mohammed El Zhar das Wohnzimmer. Er erfasste die Situation sofort. Sein Sohn krümmte sich vor Schmerzen und Malika stand zitternd an den Bücherschrank gelehnt und sah Rashid mit einem hasserfüllten Blick an.

Mohammed El Zhar unterdrückte einen tiefen Seufzer. Lernte sein Sohn denn nie, sich zu beherrschen? Musste er seine Cousine, die noch dazu Gast in seinem Haus war, immer wieder bedrängen? Konnte er nicht warten, bis der Imam ihm das Mädchen zur Frau gab?

Er roch den Alkohol, den Rashid getrunken hatte. Auch das noch! Er wandte sich an Malika.

»Geh ins Bett, Kind, und denke daran: Gott hat denjenigen von ihnen, die glauben und die gute Werke tun, Vergebung und großartigen Lohn versprochen.«

Malika senkte den Kopf, um ihre Wut und ihre Empörung zu verbergen. Gleichzeitig wusste sie, dass ihr Onkel zu ihrem Schutz nicht aussprach, was er gesehen hatte. Damit würde nur ihre eigene Ehre beschmutzt. Sobald über den Vorfall gesprochen würde, wäre er eine schändliche Tatsache. So appellierte Mohammed El Zhar nur an Malikas Großmut, indem er auf Allahs Vergebung hinwies. Und darauf, dass Rashid eines Tages gute Werke tun würde. Da konnte er lange warten! Oder war es schon ein gutes Werk, sie zur Frau zu nehmen?

Als sie an ihm vorbeiging, sagte er noch: »Gott sei mit dir, meine Tochter!«

Meine Tochter!!! Malika hämmerte in ihrem Zimmer vor Empörung mit beiden Fäusten auf ihr Kopfkissen. Sie war nicht seine Tochter und sie würde nie seine Schwiegertochter werden. Nie, nie! Lieber würde sie sterben, als dass ihr

Cousin, dieser marokkanische Widerling, sie besteigen durfte, ihr ein Kind nach dem anderen machen und sie für den Rest ihres Lebens entweder in der Stadtwohnung oder hier in dem Haus am Meer wie eine Gefangene halten würde. Rashid war ein Mann, der nur für die Befriedigung seiner Begierden lebte. Als seine Frau würde sie ihm immer zur Verfügung stehen müssen. Schon der Gedanke daran verursachte ihr Übelkeit. Sie musste fort aus diesem Haus.

Als sie sich ein wenig beruhigt hatte, dachte sie über ihre Situation nach. Sie hatte keine Wahl. Sie musste wie ihr Bruder Abdul ihren eigenen Weg gehen. Für sie war das allerdings viel schwerer und weitaus gefährlicher. Sie war noch minderjährig und sie war ein Mädchen. Würde ihr Bruder Achmed versuchen, sie zu töten, weil sie die Familienehre beschmutzt hatte?

Sie mochte nicht an ihre Eltern denken, wenn sie hörten, dass sie heimlich das Haus ihres Onkels verlassen hatte. Aber es gab keine andere Möglichkeit.

Rashid würde sich an ihr rächen. Je länger sie blieb, umso größer war die Gefahr, dass er sie eines Tages überwältigen und sich mit Gewalt nehmen würde, was sie nicht bereit war, ihm zu geben. Und dann würde man sie zwingen, ihn zu heiraten. Sie würde nicht das erste vergewaltigte Mädchen sein, das zur Ehrenrettung ihren Vergewaltiger heiraten musste.

Sie hörte aus dem Wohnraum die ruhige Stimme ihres Onkels, aber sie wusste, seine Ermahnungen würden Rashid nicht zur Einsicht bringen. Er war, wer er war.

Malika vergewisserte sich, dass beide Türen abgeschlossen waren, dann schickte sie Tobias eine SMS.

Aktiviere meinen Rückflug. Ich komme mit dir. Sims mir, wann ich am Flughafen sein muss. Sicherheitshalber vorher kein Treffen mehr.

Innerhalb von zwei Minuten kam seine Antwort.

Ist alles okay? Hast du Schwierigkeiten gehabt?

Malika beschloss, ihm von Rashids sexueller Belästigung erst im Flugzeug zu erzählen. Er durfte nicht vor Wut etwas Unüberlegtes tun.

Alles okay, simste sie zurück. *Aber ich hab begriffen, dass ich wegmuss. Hier liegt für mich nur die Angst auf der Lauer. Ich will keine Angst mehr haben!*

Tobias schickte ihr drei Smileys und drei Herzen zurück.

Am nächsten Tag ging Malika wie immer Kuchida zur Hand. Tante Tawfika konnte sich jetzt schon auf Krücken fortbewegen. Allerdings ließ sie ihre angeborene Antriebslosigkeit Stunden vor dem Fernseher verbringen. Oder sie zitierte Verse aus dem Koran, um die jungen Mädchen im Glauben zu stärken.

»Willst du heute gar nicht nach draußen?«, fragte Kuchida ihre Cousine.

Malika schüttelte den Kopf.

»Ich habe mir den Magen ein bisschen verdorben. Ich denke, ich werde es die nächsten Tage mal etwas ruhiger angehen lassen!«

Bei ihren letzten Worten trat Rashid in die Küche, um

sich ein Glas Wasser zu holen. »Sehr gut«, sagte er spottend, »dann brauchst du auch nicht wieder im *Holiday Inn* die Toiletten aufzusuchen.«

»Was meinst du damit?«, fragte Kuchida. »War Malika im *Holiday Inn*?«

»Ja«, antwortete Malika rasch, bevor ihr Cousin sie weiter schlechtmachen konnte. »Noch ein Grund, nicht wieder auszugehen. Jemand könnte mich allein sehen. Ich will ja keinen Anlass zum Tratsch liefern.«

Kuchida sah ihrem Bruder missbilligend nach, als er die Küche verließ.

»Malika ist unser Gast, nicht unsere Gefangene!«, rief sie ihm hinterher.

»Schon gut, Cousine«, sagte Malika mit sanfter Stimme, »ich bin mir meiner Verantwortung bewusst.«

Kuchida strich ihr liebevoll über den Arm. »Du hast so schnell gelernt! Natürlich ist hier manches anders als in Deutschland, aber du wirst irgendwann zu schätzen wissen, dass anständige Frauen hier viel mehr respektiert werden als bei euch.«

Und was versteht man in Marokko unter anständig?, überlegte Malika. Sie dachte an den Übergriff Rashids. Was würde seine Schwester wohl sagen, wenn sie davon wüsste?

Aber sie durfte den Vorfall nicht erwähnen – sie würde nur ihre eigene Ehre beschmutzen.

»Ja«, entgegnete sie stattdessen, »der Koran schützt die Ehre der Frauen.«

In ihrem Zimmer simste sie Tobias, dass er eine Jeans und einen Pulli in Größe vierunddreißig für sie kaufen sollte. Sie wollte nichts mitnehmen, wenn sie ging.

»Geld habe ich. Vater hat es mir gegeben, falls ich etwas brauchen sollte!«

Tobias schickte ihr wieder drei Herzen und gab ihr die Flugzeit durch: Sonntag 23:15 Uhr.

Das passte gut. Gegen neun Uhr waren sie meistens mit dem Essen fertig und dann konnte sie sich in ihr Zimmer zurückziehen.

Jetzt hatte sie tatsächlich Magenbeschwerden. Die Heimlichkeiten und die damit verbundene Aufregung verursachten Magenkrämpfe. Kuchida ließ sie Ingwertee trinken und machte ihr heiße Wickel.

»Ich kann hören, wie es in deinem Bach rumort«, sagte sie. »Es ist, als kämpften gute und böse Dschinns miteinander.«

»Hoffentlich gewinnen die guten«, sagte Malika mit einem schwachen Lächeln.

»Beten wir zu Allah«, entgegnete Kuchida. »Besonders die einhundertvierzehnte Sure wird sein Ohr erreichen.«

Malika nickte ergeben und schloss die Augen, während Kuchida vorlas:

»Sprich: Ich suche Zuflucht beim Herrn der Menschen, dem König der Menschen, dem Gott der Menschen, vor dem Unheil des Einflüsterers, des Heimtückischen, der da in der Brust des Menschen einflüstert, sei es einer von den Dschinn oder von den Menschen.«

Sie strich Malika über die Stirn. »Alles wird gut, liebe Cousine. Gott wird dir helfen!«

Das hoffe ich, dachte Malika, ohne seine Hilfe wird es wohl sehr schwierig. Sie schämte sich ein wenig, Kuchidas Vertrauen zu missbrauchen, aber es ging nicht anders.

Am Sonntagabend saß sie blass beim Abendessen, nahm nur etwas von dem Reis und dem gedünsteten Gemüse.

»Soll ich den Arzt rufen?«, fragte ihr Onkel besorgt. »Du siehst krank aus, das Weiß deiner Augen ist trübe.«

Malika wehrte ab.

»Es geht mir schon wieder besser. Ich habe nur eine Magenverstimmung. Da hilft es, weniger zu essen und viel zu schlafen.«

Ihr Onkel nickte zustimmend. Rashid betrachtete seine Cousine. Sie wirkte so abwesend und unruhig, er fühlte, dass irgendetwas mit ihr nicht stimmte. Er würde doch nicht wieder wie bei Sema Aissati an der Nase herumgeführt werden? Er beschloss, sie in nächster Zeit besonders aufmerksam zu beobachten.

Nach dem Essen küsste Malika ihrer Tante und ihrem Onkel die Hand und drückte den Handrücken gegen ihre Stirn.

»Es tut mir leid, dass ich euch so viel Mühe bereite«, sagte sie.

»Schon gut, Kind«, erwiderte Tante Tawfika gerührt.

»Du bist ein liebes Mädchen«, sagte ihr Onkel.

Kuchida reichte ihr eine Tasse Kräutertee. »Der wird dir beim Einschlafen helfen, liebe Cousine.«

Rashid sah ihr mit verschränkten Armen nach. Er hörte, dass sie die Tür abschloss.

Als er etwas später das Haus verließ, um in einem Café im Zentrum Agadirs noch ein paar Freunde zu treffen, sah er am Strand eine Frau in einer Burka laufen. Das sollte sie nicht tun, dachte er. Eine Burka war zwar ein guter Schutz gegen aufdringliche Blicke, aber in der Dunkelheit sollte keine Frau mehr allein draußen sein. Er wusste nicht, was ihn trieb, der Unbekannten nachzugehen.

Kapitel 11

Malika spürte, dass ihr jemand folgte. Als sie auf der Promenade ging, warf sie einen raschen Blick über die Schulter. Rashid schaute schnell zur Seite, aber sie wusste, dass er sie aus dem Augenwinkel beobachtete. Ihr Herz überschlug sich. Jetzt bloß ganz ruhig bleiben, redete sie sich gut zu. Zeig diesem marokkanischen Macho, dass eine deutsche Marokkanerin nicht so schnell die Nerven verliert. Sie hatte es mit deutschen Machos à la Lars und den unbekannten Typen auf der Straße aufnehmen können, sie würde jetzt nicht durchdrehen. Sie atmete ein paarmal tief durch, ihr Herz klopfte wieder ruhiger. Langsam, mit gleichmäßigen Schritten, ging sie weiter, den Kopf leicht gesenkt.

Ohne zu zögern betrat sie das *Sindibad.*

Rashid blieb unter der Palme stehen, unter der auch Malika zwei Tage zuvor gewartet hatte.

Warum war er der Frau nachgegangen? Hatte sein Vater etwa recht? War er manchmal von einem bösen Dschinn besessen?

Er wusste nicht, welche Macht es war, aber irgendetwas sagte ihm, dass er bleiben sollte, wo er war.

Tobias erwartete sie in seinem Zimmer. Sie streifte die Burka ab und umarmte ihn.

»Schau aus dem Fenster«, bat sie ihn. »Mein Cousin Rashid ist mir gefolgt. Ich weiß nicht, ob er Verdacht geschöpft hat. Steht er noch da? Er trägt ein schwarzes Hemd und eine schwarze Jeans.«

Tobias sah Rashid bei der Palme stehen. Sein Blick war auf den Eingang des *Sindibad* gerichtet.

»Ja«, sagte er, »er ist noch da.« Er holte tief Luft. »Kann er uns aufhalten?«

Natürlich konnte er das. Wenn er dem nächsten Polizisten erzählen würde, dass sie seine Verlobte war, würde man sie mitnehmen und befragen, um die Sache zu klären. Da würde ihr ihr deutscher Pass wahrscheinlich auch nicht helfen. Insbesondere dann nicht, wenn dem Polizisten noch etwas Bakschisch zugeschoben wurde.

Das erklärte sie ihrem Freund.

»Was sollen wir denn jetzt nur tun?«, fragte Tobias und sah sie hilflos an.

Malika überlegte fieberhaft.

»Dreh dich um«, sagte sie dann, »ich muss mich als Erstes umziehen.«

Tobias hatte die gewünschte Kleidung schon aufs Bett gelegt.

»Und?«, fragte sie.

Tobias drehte sich um.

»Wow«, sagte er mit leuchtenden Augen. »Du siehst klasse aus!«

»Jetzt nur noch die Frisur.«

Sie bändigte ihre dunklen Haare in zwei abstehenden Zöpfen, die unternehmungslustig hin und her wippten.

Tobias warf einen Blick auf seine Armbanduhr.

»Wir müssen los. Ich bestell uns ein Taxi!«

Malika fühlte sich wie ein Schmetterling, der aus dem Kokon geschlüpft war. Sie sah zu der Burka, der langen Hose und dem hochgeschlossenen Kleid auf Tobias' Bett. Es war, als hätte sie mit der traditionellen Kleidung auch ihre Angst abgestreift. Aber noch galt es, einige Hindernisse zu überwinden.

Das Taxi fuhr vor. Arm in Arm verließen sie das Hotel. Sie tat, als erzählte sie Tobias eine lustige Geschichte, über deren Pointen sie selbst immer wieder lachen musste.

Aus den Augenwinkeln sah sie Rashid. Er stand immer noch unter der Palme. Als er an einer Zigarette zog, leuchtete sein Gesicht in der Dunkelheit auf.

Rashid nahm keine Notiz von dem jungen Pärchen. Sein Blick schweifte wieder zu dem Hotel, in dem die Frau mit der Burka verschwunden war.

Sollte er noch warten? Was hielt ihn hier eigentlich?

Für einen Cafébesuch war er mittlerweile zu müde. Kurz entschlossen fuhr er mit einem Taxi zurück nach Hause.

An Malikas Tür blieb er stehen, lauschte. Nichts.

Jeder im Haus schlief.

Er ging auf die Terrasse und zündete sich wieder eine Zigarette an. Sein Blick ging zu Malikas Terrassentür. Ob seine zukünftige Frau wohl friedlich in ihrem Bett lag? Er trat näher.

Der Vorhang war etwas zur Seite geschoben. Da sah er es. Ihr Bett war leer.

Wie in Trance drückte er die Tür auf und betrat das Zimmer. Der Koran lag auf dem Boden. Er hob ihn auf, legte ihn auf den kleinen Tisch neben ihrem Bett.

Hier hatte er auch ihr Handy gefunden und ihre Fotos betrachtet. Den grinsenden blonden Jungen mit dem Kussmund. Plötzlich durchfuhr es ihn wie ein glühender Blitz. Diesen Jungen hatte er heute Abend gesehen. Er hatte das lachende Mädchen zum Taxi begleitet, war dann selbst auch eingestiegen.

Hatte man ihn so an der Nase herumgeführt? War das Mädchen mit den Zöpfen Malika gewesen? Gekleidet wie eine der vielen Touristinnen? Wenn ja, wohin waren die beiden gefahren? Bestimmt zum Flughafen! Sollte er seinen Vater wecken? Nein, hier würde er selber handeln. Er würde sich nicht noch einmal von einer Frau demütigen lassen.

Er schloss rasch die Tür und lief auf der Straße zum nächsten Taxistand.

»Schnell«, rief er dem Fahrer zu, »so schnell du kannst! Zum Flughafen!« Ein größerer Geldschein wechselte den Besitzer.

Der Taxifahrer fuhr, als hätte er einen Dschinn im Leib.

Am Flughafen sprang Rashid aus dem Wagen.

»Warte hier auf mich!«, befahl er. »Ich komme wahrscheinlich schnell zurück!« Und in Gedanken fügte er hinzu: Wenn Allah will, mit meiner widerspenstigen Braut!

Er würde ihr schon zeigen, wer der Herr im Hause war.

Malika stand mit Tobias an einem der Schalter, als Rashid in die Abflughalle stürmte. Sie wandte sich schnell ab und machte Tobias auf ihren Verfolger aufmerksam. Noch hatte Rashid sie nicht gesehen. Touristen versperrten seine Sicht.

Sie sahen zum Flugzeug, das hinter den großen Fenstern vor ihren Augen auf dem Rollfeld stand, bereit, sie mitzunehmen, mitzunehmen in die Freiheit.

Lieber Gott, hilf uns!, bat Malika.

Sie blickte sich vorsichtig um.

Die deutsche Crew mit zwei Piloten und vier Stewardessen ging an ihnen vorbei.

Malika erkannte die eine Stewardess. Es war dieselbe wie bei ihrem Hinflug.

Ohne lange zu überlegen, fasste sie Tobias bei der Hand, und zusammen rannten sie zu ihr hin.

»Helfen Sie uns«, sagte sie, »bitte helfen Sie uns!«

Beate Heller, die Stewardess, erkannte das marokkanische Mädchen. Auf dem Flug nach Agadir hatte sich ihr dieses Gesicht eingeprägt.

Sie warf einen Blick zum Flugkapitän.

Er sah die Angst in den Augen des Mädchens.

»Kommt erst einmal mit in den VIP-Bereich«, sagte er und schob sie durch eine Tür in einen separaten Raum.

»Er sucht mich, mein Cousin. Helfen Sie uns!«

Malikas Stimme überschlug sich. Durch eines der Fenster deutete sie auf Rashid, der jetzt suchend in der Abfertigungshalle umherging. Vor der Damentoilette blieb er stehen, sah auf die Uhr.

Malika zitterte. Tobias hielt ihre Hand und drückte sie von Zeit zu Zeit.

»Er kann dich nicht sehen«, beruhigte die Stewardess Malika. »Es ist besonderes Glas, wir können hinaus-, er aber nicht hineinschauen.«

»Hast du einen Pass?«, fragte Kapitän Ewerts.

»Ja«, sagte Malika, »ja, ich habe einen Pass, und sehen sie, auch mein Ticket ist gültig. Für den nächsten Flug nach Düsseldorf.«

Ihre Stimme kippte.

Beate Heller legte den Arm um ihre Schulter.

»Nun beruhige dich doch. Es wird gut, alles wird gut! Du bist Deutsche, du hast gültige Papiere, dein Freund auch! Alles wird gut!«

Sie sagte es wie eine Mantra. »Alles wird gut!«

Malika beruhigte sich langsam.

Kapitän Ewerts kontrollierte ihre Papiere und rief dann mit seinem Handy einen Abfertigungsbeamten herbei.

Auch der kontrollierte noch einmal alle Papiere.

Er nickte: »Alles in Ordnung, Sir!«

»Diese Passagiere sind Freunde meiner Kinder«, sagte der Flugkapitän. »Ist die erste Klasse besetzt? Nein? Dann gehen diese Jugendlichen jetzt mit uns an Bord!«

Tobias tupfte Malikas Gesicht mit seinem Taschentuch ab. Sie hatte nicht gemerkt, dass ihr Tränen über die Wangen gelaufen waren.

Das Letzte, was sie sah, war Rashid, der telefonierte. Mit wem sprach er? Mit ihrem Vater? Mit ihrem Bruder Achmed?

An Bord der Maschine lotste Beate Heller die beiden erst einmal in die kleine Küche und verschloss die Tür.

»Keiner der Passagiere soll euch sehen. Erst wenn alle anderen sitzen, nehmt ihr eure Plätze ein. Dann habe ich den Vorhang zwischen euch und der Economy Class schon geschlossen. In Frankfurt tun wir dasselbe!«

»In Frankfurt?« Malika sah Tobias verständnislos an. »Ich dachte, wir fliegen nach Düsseldorf?«

»Natürlich«, sagte die Stewardess. »Aber wir machen heute einem Zwischenstopp in Frankfurt. Eine andere Maschine ist ausgefallen.«

Das war eine Fügung Gottes. Abdul wohnte jetzt in Frankfurt. Denn sie konnte nicht zurück zu ihren Eltern. Sie konnte auch nicht mit ihnen über Rashid und seine Übergriffe reden.

Ihr Vater wäre überzeugt davon, dass nur eine Heirat die Ehre seiner Tochter wiederherstellen würde. Und er würde seine Tochter natürlich lieber in Marokko verheiraten wollen. Ihr Mann würde dort auf sie aufpassen und für sie sorgen.

Aber Malika war sich sicher, dass Abdul ihre Entscheidung verstehen konnte. »Folge deinem Herzen«, hatte er ihr in seinem Brief geraten.

Ihr Herz sagte ihr, dass sie niemals Rashid heiraten konnte. Er hatte in erschreckender Weise gezeigt, wer und wie er war.

Sie war nicht bereit, ihr Leben für die sogenannte Ehre ihrer Familie mit einem Mann zu verbringen, der sie wie seinen Besitz behandelte und den sie verabscheute.

Sie liebte Tobias, aber sie ahnte, dass sie ihn, einmal zurück im Haus ihres Vaters, kaum noch zu sehen bekommen würde.

Sie musste handeln.

»Können Sie meinen Bruder Abdul anrufen?« Sie zeigte der Stewardess einen Zettel mit seiner Telefonnummer. »Oder darf ich selbst noch telefonieren?«

Sie durfte. Die Fluglotsen hatten den Start noch nicht freigegeben.

»Was willst du von deinem Bruder?«, fragte Tobias, während Malika die Nummer eintippte.

Malika hob halb ihre Hand. »Ich erkläre es dir später.«

Sie hatte Glück. Abdul war gleich am Telefon.

»Malika, Schwester, ich bin so froh, dass du meinen Brief bekommen hast.«

»Ja«, sagte Malika, »ich auch. Gerade zur rechten Zeit.«

Sie erklärte ihm kurz die Situation. »Ich bin weggelaufen und sitze im Flugzeug nach Deutschland. Unser Onkel wollte mich zu seiner Schwiegertochter machen, aber ich kann Rashid nicht heiraten. Er hat mich sexuell belästigt. Er ist widerlich.«

Tobias zuckte zusammen.

»Warum hast du mir das nicht gesagt?«

»Gleich«, flüsterte sie und deckte dabei kurz die Sprechmuschel ab. »Gleich!«

»Ich suche Zuflucht beim Herrn des Frühlichtes«, zitierte Abdul fast automatisch die hundertdreizehnte Sure.

»Ich suche Zuflucht bei dir«, sagte Malika.

Abdul schwieg.

»Gott hat meinen Weg gelenkt. Der Flug macht einen Zwischenstopp in Frankfurt. Kannst du mich abholen?«

»Ich komme«, sagte Abdul nach einer kurzen Pause. Und er fügte hinzu: »Gott schütze dich, Schwester!«

Als das Flugzeug abhob, saßen Tobias und Malika abgeschirmt in der ersten Klasse, und die Stewardess brachte ihnen einen alkoholfreien Cocktail.

»Entspannt euch! Ihr habt es geschafft!«

Die beiden lächelten sich an. Aber Malika wusste, dass noch ein langer, schwieriger Weg vor ihr lag.

Sie erzählte ihrem Freund von Rashids Übergriffen.

»Dieses Schwein«, sagte Tobias.

Malika nickte.

»Ein echter Widerling. Doch das würde meinen Vater nicht abhalten, mich ihm zur Frau zu geben. Gerade wegen seines Verhaltens. Nur die Heirat mit ihm kann den Makel von mir nehmen.«

Tobias guckte sie groß an. »Muss ich das verstehen?«, fragte er.

Malika schüttelte den Kopf.

»Nein! Aber gerade weil du es nicht verstehen kannst, habe ich es dir nicht schon eher erzählt. Je mehr Aufhebens davon gemacht wird, umso schwerer wird es für mich, heil aus der Sache herauszukommen.«

»Willst du deswegen in Frankfurt aussteigen? Bist du bei deinem Bruder sicher?«

Malika sah aus dem Fenster. Das Flugzeug flog durch die

Nacht. Unter ihnen lag die Wolkendecke, über ihnen funkelten die Sterne.

»Ich weiß es nicht. Aber ich habe noch die Adresse von einer Frau, die sich mit solchen Sachen auskennt und ihre Unterstützung angeboten hat.«

Sie erzählte ihm von Ramira Yassin.

»Mit ihrer Hilfe kann ich vielleicht untertauchen. Falls es überhaupt nötig sein sollte.« Sie räusperte sich. Ihr Mund war trocken. »Ich habe schließlich die Ehre meiner Familie beschmutzt!« Ganz kurz dachte sie an das letzte Urteil eines Hamburger Gerichtes. »Lebenslang« hatte der Täter für den Mord an seiner Schwester bekommen.

»Quatsch, beschmutzt!« Tobias blies wütend die Luft aus. »Du hast doch überhaupt nichts getan!«

Sie sah ihn an. Die Pünktchen in seinen Augen glühten.

»Doch, mehr als genug«, sagte sie ernst. »Und ich will frei sein! Ich will keine Angst mehr haben.«

Sie dachte an Fatima. Eines Tages hatte ihr Bruder sie gefunden und sie hatte sich ihm gestellt.

Aber es konnte auch anders sein.

Ramira Yassin war ein lebendes Beispiel dafür. Und es würden immer mehr Mädchen diesem Beispiel folgen.

Ich will eines davon sein, dachte Malika.